KB262510

오늘도 두려움 없이

삶의 폭풍우를 통과하는 지혜

오늘도
두려움 없이

틱낫한 지음 | 진우기 옮김
Thich Nhat Hanh

김영사

오늘도 두려움 없이

지은이 틱낫한
옮긴이 진우기

1판 1쇄 발행 2013. 4. 19.
1판 12쇄 발행 2025. 9. 1.

발행처 김영사
발행인 박강휘
등록 1979년 5월 17일(제406-2003-036호)
경기도 파주시 문발로 197(문발동) 우편번호 10881
마케팅부 031)955-3100, 편집부 031)955-3200, 팩스 031)955-3111

저작권자 ⓒ 틱낫한, 2013
이 책의 한국어판 저작권은 EYA(Eric Yang Agency)를 통해
저작권사와 독점계약한 김영사에 있습니다.
저작권법에 의해 한국 내에서 보호를 받는 저작물이므로 무단전재와 무단복제를 금합니다.

값은 뒤표지에 있습니다.
ISBN 978-89-349-6268-7 03840

홈페이지 www.gimmyoung.com   블로그 blog.naver.com/gybook
인스타그램 instagram.com/gimmyoung   이메일 bestbook@gimmyoung.com

좋은 독자가 좋은 책을 만듭니다.
김영사는 독자 여러분의 의견에 항상 귀 기울이고 있습니다.

66

과거는 더 이상 여기 없고,
미래는 아직 오지 않았다.
삶이 존재하는 오직 한 순간은
지금 이 순간뿐이다.

99

두려움 없는 삶

사노라면 행복할 때도 있고, 어렵고 힘들 때도 있습니다. 그런데 행복의 절정을 누리더라도 우리 마음 한구석에는 왠지 모를 두려움이 있습니다. 이 행복한 순간이 금방이라도 끝나버릴까 두렵고, 또 앞으로 우리에게 필요한 것들을 얻지 못할까 두렵습니다. 사랑하는 사람이나 대상을 잃을까 두렵고, 우리의 미래가 안전하지 못할까 두렵습니다. 그중에서도 가장 큰 두려움은 언젠가 우리 몸이 죽어 없어지리라는 생각에서 옵니다. 그렇기 때문에 모든 행복의 조건이 다 갖추어진 순간에도 우리는 기쁨을 기쁨으로 온전히 누리지 못합니다.

행복해지려면 두려움을 저 구석으로 보이지 않게 밀쳐버리든지 아니면 모른 척 무시해야 한다고 생각합니다. 두려움을 일으키는 대상들을 생각만 해도 마음이 불편해지기 때문에 우리는 애써 두렵지 않다고 부정하면서 두려움을 쫓아버립니다. '안 돼,

생각하지 않을 거야.' 그런데 아무리 두려움을 무시하려고 해도 두려움은 여전히 거기 그대로 있습니다.

두려움을 해소하고 진정 행복해질 수 있는 유일한 방법은 '지금 내가 두려워하고 있다'는 사실을 인정하고 그 두려움이 어디서 왔는지 깊이 보는 것입니다. 두려움을 회피하려고 하지 말고 오히려 그 두려움을 의식의 수면 위로 불러낸 뒤 그 모습을 명확하게 깊이 보는 것입니다.

우리는 우리가 지배할 수 없는, 저 밖에 있는 것들을 두려워합니다. 병에 걸릴까봐 두렵고, 늙어가는 것이 두렵고, 그리고 우리가 가장 소중히 여기는 것들을 잃을까봐 두렵습니다. 우리는 우리가 아끼는 것들을 꽉 붙잡고 있으려고 합니다. 이를테면 우리의 직위, 재산, 사랑하는 사람들을 말이지요. 하지만 꽉 붙잡고 있다고 해서 두려움이 없어지진 않습니다. 결국 언젠가 그 모든 것들을 놓아버려야 할 날이 옵니다. 우리는 그것들을 가지고 갈 수가 없습니다.

두려움을 무시해버리면 두려움이 사라져버릴 것이라고 생각합니다. 하지만 두려움과 불안을 우리 의식 속에 파묻어버린다면, 그 두려움과 불안이 계속 우리에게 영향을 미쳐 더욱더 슬퍼질 것입니다. 힘을 잃고 무기력해지는 것이 몹시 두렵습니다. 하지만 우리에겐 우리의 두려움을 깊이 볼 수 있는 힘이 있습니다. 그렇게 깊이 볼 수 있게 되면 두려움은 더 이상 우리를 지배할 수 없습니다. 즉 우리에게 두려움을 변화시킬 수 있는 힘이 생기는 겁니다. 지금 이 순간에 온전히 머문다면, 즉 마음을 온전히 알아차리고 살아간다면 우리에게 두려움을 직면할 용기가 생기게 되고 더 이상 두려움에 휘둘리지 않게 될 것입니다. 알아차림*을 수행한다는 것은 깊이 보는 것이며, 우리가 서로 연결된 상호유기적

인 존재라는 실상을 직접 접하고, 그리하여 이 세상에 없어지거
나 사라지는 것은 없다는 것을 알게 되는 것입니다.

베트남 전쟁이 한창이던 어느 날 나는 어느 고원지대에 위치한
비행장에 있었습니다. 홍수가 일어난 북쪽 지역으로 가서 상황을
파악하고 홍수 피해자를 구제하기
위해 비행기를 기다리고 있었습니
다. 상황이 매우 급박하여 오래 기
다릴 수가 없었기 때문에 담요와
의류를 수송하는 군용비행기라도
타고 가려고 기다리고 있었습니다.
비행장에 혼자 앉아 비행기를 기다
리고 있었는데 그때 미국인 장교

하나가 내 쪽으로 다가왔습니다. 그 역시 비행기를 기다리는 중이었지요. 때는 전시였고 비행장에는 단지 우리 두 사람뿐이었습니다. 얼굴을 보니 젊은 청년이었고 순간 측은한 마음이 들었습니다. 그 청년은 무엇 때문에 이역만리 타국에 와서 남들을 죽이든지 아니면 자기가 죽든지 해야 하는 것일까요? 내가 말했습니다.

"베트콩이 많이 두려우시겠어요."

베트콩은 베트남의 공산주의 게릴라들을 말합니다. 불행히도 능숙하지 못한 내 말이 그 사람이 가진 두려움의 씨앗에 물을 주고 말았습니다. 그는 재빨리 손을 총으로 가져가더니 날카롭게 물었습니다.

"너 베트콩이냐?"

베트남으로 파병되기 전에 미국 장병들은 모든 베트남인들이 베트콩일 수 있다는 교육을 받았습니다. 그때부터 미국 병사들 마음에 두려움이 생깁니다. 심지어 아이든 스님이든 할 것 없이 모두 베트콩일 수 있다고 생각했습니다. 이렇게 교육을 받은 병사들은 사방이 다 적으로 보였습니다. 나는 단지 그 병사의 마음에 공감을 표하려 했을 뿐이었는데, '베트콩'이라는 말을 듣는 순간 그 미국 병사는 두려움에 압도되어 총을 든 것입니다.

순간 나는 마음속으로 '침착해야 한다'고 생각했습니다. 먼저 숨을 깊이 들이쉬고 내쉰 다음 말했지요.

"아닙니다. 저는 다낭에 발생한 홍수 상황을 점검하고 도우러 가기 위해 비행기를 기다리고 있습니다."

그를 많이 염려하는 마음이 내 안에 있었기 때문에 내 목소리에도 그런 마음이 묻어났습니다. 나는 이 전쟁으로 인해 베트남인뿐만 아니라 많은 미국인들도 희생되었다고 말했고 이후 그런 마음이 통했던지 그 병사의 마음도 진정되어 이야기를 이어갈 수 있었습니다. 당시 나는 마음이 침착하고 명료했기 때문에 신상의 안전을 지킬 수 있었습니다. 만약 내가 두려움을 못 이겨 섣불리 행동했더라면 그 병사 역시 두려움에 휩싸여 내게 총을 쏘았을지도 모릅니다. 그러므로 위험이 외부에서만 온다고 생각하지 마십시오. 위험은 안에서 오는 것입니다. 우리 내면의 두려움을 인정하고 깊이 보지 않는다면 자신에게 위험과 사고를 끌어당길 수도 있습니다.

누구나 두려움을 경험합니다. 그 두려움을 깊이 본다면 우리는 두려움의 고삐에서 놓여나 기쁨을 만날 수 있습니다. 두려움은 우리가 과거에 집중하거나 미래를 걱정하도록 만듭니다. 내면에 두려움이 있다는 사실을 인지할 수 있다면, 지금 이 순간 우리가 괜찮다는 사실도 인지할 수 있을 겁니다. 지금 현재, 오늘, 우리는 여전히 살아 있고, 우리 몸은 놀랍도록 잘 움직이고 있습니다. 우리 눈은 여전히 아름다운 하늘을 볼 수 있습니다. 우리 귀는 여전히 사랑하는 사람의 목소리를 들을 수 있습니다.

두려움을 보려면 우선 두려움에 대한 어떤 판단도 없이 그것을 우리 의식 안으로 초대해야 합니다. 단지 그 두려움이 거기 있다는 것을 부드럽게 인정합니다. 그렇게만 해도 이미 마음이 많이 안정됩니다. 그렇게 두려움이 잦아들면 그 두려움을 부드럽게 감싸 안고 두려움의 뿌리와 근원으로 들어가서 잘 보아야 합니다. 불안과 두려움의 시원을 알게 되면 그것들을 놓아버릴 수 있습니다.

우리의 두려움은 지금 이 순간 일어나는 일에서 오는 것인가요? 아니면 오래된 두려움, 어릴 때 생긴 두려움을 내면에 간직

하고 있었던 것인가요? 이렇게 모든 두려움을 계속 의식의 수면 위로 초대할 때 우리는 우리가 여전히 살아 있다는 사실, 우리에게는 여전히 귀중하고 즐길 수 있는 일이 많다는 사실을 알아차릴 수 있게 됩니다. 두려움을 억압하고 관리하느라 너무 바쁘지만 않다면 주변의 햇빛, 안개, 공기와 물을 즐길 수 있습니다. 우리의 두려움을 깊이 보고 명료하게 알 수 있다면 그때 우리는 가치 있는 삶을 살 수 있게 됩니다.

우리가 가진 두려움 중에서 가장 큰 것은 죽으면 아무것도 없는 '무'가 된다는 것입니다. 진정 두려움에서 벗어나기 위해서는 궁극적인 차원을 깊이 보고 우리에게 본래 생사 즉 태어남과 죽음이 없음을 보아야 합니다. 우리가 단지 죽을 수밖에 없는 이 몸에 불과하다는 생각에서 벗어나야만 합니다. 우리가 이 육신보다 더 큰 존재라는 것, 우리가 단지 '무'에서 왔다 '무'로 사라지는 것이 아님을 이해할 때 우리는 두려움에서 벗어나게 됩니다.

부처님은 인간이셨고 그래서 부처님도 두려움을 겪었습니다. 하지만 매일 알아차림을 수행하고 당신의 두려움을 면밀히 관찰했기 때문에 미지의 것과 맞닥뜨렸을 때 침착하고 평화롭게 대처할 수 있었습니다. 한번은 부처님께서 밖에서 걷고 계실 때 연쇄살인자로 악명을 떨치던 앙굴리말라가 다가왔습니다. 앙굴리말라는 부처님께 "거기 서라!" 하고 소리를 질렀지만, 부처님께서는 그저 침착하고 평화롭게 계속 걸었습니다. 마침내 부처님을 따라잡은 앙굴리말라는 부처님께 왜 멈추지 않았는지 물었습니다. 부처님께서 대답하셨지요.
"앙굴리말라! 나는 오래전에 멈추었다. 멈추지 않은 것은 너다."
부처님께서는 말씀을 계속하셨습니다.

"나는 다른 생명에게 고통을 야기하는 행위를 멈추었다. 모든 생명은 다 살기를 원한다. 모든 생명은 죽음을 두려워한다. 우리는 자비로운 마음을 닦아 모든 생명을 보호해야 한다."

앙굴리말라는 깜짝 놀라 이야기를 좀 더 해달라고 했습니다. 두 사람의 대화가 끝날 무렵 앙굴리말라는 다시는 폭력을 사용하지 않겠다고 맹세했습니다. 그러고는 스님이 되겠다고 했습니다.

부처님은 살인자와 마주쳤을 때 어떻게 그렇게 침착하고 여유롭게 행동하실 수 있었을까요? 앙굴리말라 이야기는 매우 극단적인 예이긴 하지만, 우리는 모두 하루를 살아가며 이런저런 두려움을 만나게 됩니다. 만약 우리가 매일 알아차림을 수행한다면 두려움을 만났을 때 매우 도움이 될 것입니다. 하루를 호흡으로 시작하거나, 알아차림으로 시작하면 우리 앞에 무엇이 나타나든 감당할 수 있게 됩니다.

두려움 없는 삶이 가능할 뿐만 아니라 그것은 궁극적인 기쁨입니다. 두려움 없는 그곳과 연결될 때 우리는 자유로워집니다. 만약 내가 비행기에 탑승했는데 기장이 비행기가 곧 추락할 것이라고 안내방송을 한다면 나는 온 마음을 다해 알아차리는 호흡을 할 것입니다. 여러분도 좋지 않은 소식을 접할 때 이렇게 했으면 좋겠습니다. 하지만 심각한 순간이 도래할 때까지 기다리지 말고 지금부터 알아차림과 함께 살며 여러분의 두려움을 변화시키기 바랍니다. 그 누구도 우리에게 두려움 없는 삶을 줄 수는 없습니다. 지금 여기에 우리 곁에 부처님께서 계신다 해도 그것은 마찬가지입니다. 자신이 스스로 수행해서 깨달아야 합니다. 알아차림 수행을 꾸준히 하면 어려운 일이 생겨도 무엇을 해야 할지 알 수 있게 됩니다.

Ⅱ

오늘도 두려움 없이

I.

우리의 원초적 두려움과
욕망은 여전히 거기 있습니다.
우리는 이제 더 이상 아기가 아니지만
여전히 살아남지 못할까봐,
아무도 우리를 돌보아주지 않을까봐

두 렵 습 니 다.

오래전 언젠가

대부분 이 사실을 기억하지 못하지만 우리는 오래전 어머니의 자궁 속에서 살았습니다. 우리는 아주 작은, 살아 있는 인간이었습니다. 당시 어머니의 몸속에는 두 개의 심장이 있었습니다. 바로 어머니의 심장과 나의 심장입니다. 어머니는 무엇이든 우리를 대신해서 해주었습니다. 어머니는 우리를 대신해 숨을 쉬었고 밥을 먹고 물을 마셨습니다. 탯줄을 통해 어머니와 내가 이어져 있었습니다. 이 탯줄을 통해 산소와 음식이 공급되었고, 나는 어머니 몸속에서 안전하고 만족스러웠습니다. 너무 덥지도 춥지도 않았습니다. 매우 편안했지요. 우리는 물로 만든 부드러운 쿠션 위에서 휴식을 취했습니다. 중국과 한국, 베트남에서는 우리가 쉬는 이곳을 '자궁' 즉 '아기 궁전'이라 부릅니다. 우리는 이

궁전에서 열 달을 지내는 것입니다.

자궁에서 지낸 열 달은 우리 삶에서 가장 즐거운 시절이었습니다. 이윽고 탄생의 순간이 도래했습니다. 이제 우리 주변의 모든 것이 전과 다르게 느껴지고 우리는 새로운 환경 속으로 떠밀려 들어갑니다. 처음으로 추위와 배고픔을 느낍니다. 주변의 소리는 너무 시끄럽고 빛은 또 너무 밝습니다. 우리는 처음으로 두려움을 느낍니다. 이것이 바로 원초적 두려움입니다.

아기 궁전 안에서 우리는 자신의 폐를 사용할 필요가 없었습니다. 하지만 탄생의 순간 누군가 우리의 탯줄을 잘랐고 이제 우리는 더 이상 어머니의 몸에 연결되어 있지 않습니다. 어머니는 더 이상 우리를 대신해 숨을 쉬어주지 않습니다. 우리는 이제 생애 최초로 혼자서 호흡하는 법을 배워야 합니다. 만약 혼자서 숨을 쉴 수 없다면 죽어버릴 것입니다. 탄생은 극히 불안정하고 위태로운 시간입니다. 궁전에서 쫓겨 나와 고통을 만납니다. 숨을 들이쉬려고 노력하지만 잘 되지 않습니다. 우리의 폐에는 약간의 액체가 들어 있고 숨을 쉬려면 먼저 그 액체를 밀어내야만 하기 때문입니다. 우리는 태어났고 그 탄생의 순간 우리의 두려움도 살아야만 한다는 욕망과 함께 태어났습니다.

아기인 우리는 살아남기 위해서 자신을 돌보아줄 사람이 필요하다는 것을 압니다. 탯줄이 끊긴 뒤에도 우리는 전적으로 성인에게 생존을 의존해야 합니다. 살아남기 위해 누군가에게 또는 무언가에 의존한다는 것은 어떤 고리, 보이지 않는 탯줄이 여전히 그 사이에 존재하는 것입니다.

자라는 중에도 우리의 원초적 두려움과 욕망은 여전히 거기 있습니다. 우리는 이제 더 이상 아기가 아니지만 여전히 살아남지 못할까봐, 아무도 우리를 돌보아주지 않을까봐 두렵습니다. 우리가 사는 동안 가지게 되는 모든 욕망은 바로 이 원초적인 생존의 욕망에 그 뿌리를 두고 있습니다. 우리는 아기였을 때 생존을 보장받는 방법을 찾게 됩니다. 우리는 매우 무기력하게 느낍니다. 다리가 있지만 걸을 수 없고 손이 있지만 그 무엇도 잡을 수가 없습니다. 그래서 우리를 보호하고 돌보아줄 사람을 곁에 둘 방법을 생각해야 하고 그렇게 우리의 생존을 보장받아야 합니다.

누구나 두려울 때가 있습니다. 외로움이 두렵고, 버림받는 것이 두렵고, 늙는 것, 죽는 것, 아픈 것이 두렵습니다. 때로는 아무 이유 없이 두려움을 느끼기도 합니다. 하지만 깊이보기를 수행하면 이 두려움이 바로 우리가 자신을 위해 아무것도 할 수 없는 신생아였을 때 생긴 원초적 두려움에서 온 것임을 알게 됩니다. 비록 이젠 성인이 되었지만 그 원초적 두려움과 욕망은 여전히 살아 있습니다. 삶의 동반자를 구하는 욕망 역시 부분적으로는 우리를 돌보아줄 사람에 대한 욕망이 계속 이어진 것입니다.

성인으로서 이런 원초적 두려움과 욕망을 기억하거나 접하는 것이 두렵습니다. 그 무력한 아이가 우리 안에 여전히 살아 있기 때문입니다. 우리는 그 아이와 이야기를 나눌 기회가 없었습니다. 우리는 그 내면의 상처받은 아이, 속수무책으로 무력한 그 아이를 돌보아줄 시간이 없었습니다.

거의 모든 사람에게 원초적 두려움은 어떤 형태로든 계속됩니다. 때로 혼자 있는 것이 두렵습니다. '혼자서는 할 수 없어. 나에겐 누군가가 필요해'라고 느낍니다. 이것이 바로 원초적 두려움이 계속되는 것입니다. 하지만 깊이보기를 수행하면 우리에겐 두려움을 진정시키고 행복을 찾을 수 있는 힘이 있다는 것을 알게 됩니다.

우리는 현재 가진 인간관계를 깊이 보고, 그것이 주로 서로의 욕구와 상호 행복에 기반을 둔 것인지 아닌지 살펴볼 필요가 있습니다. 우리는 흔히 삶의 동반자가 우리를 기분 좋게 해줄 수 있다고 생각하고, 그래서 그 사람이 없으면 안 된다고 생각하곤 합니다. 그래서 '나를 돌보아줄 이 사람이 필요해. 그렇지 않으면 살 수 없어'라고 생각합니다.

만약 우리가 이해와 행복이 아니라 두려움 때문에 어떤 사람과 관계를 맺는다면 그 관계의 기반은 아주 취약합니다. 지금은 자신의 행복을 위해 그 사람이 필요하다고 생각하겠지만 어느 시기가 되면 그 사람이 귀찮아지고 버리고 싶어집니다. 그때 우리는 '평화롭고 안전하다'는 느낌이 실은 그 사람에게서 온 것이 아니라는 것을 확실히 알게 됩니다.

마찬가지로 만약 우리가 어떤 카페에서 많은 시간을 보내며 즐기더라도 그 카페가 반드시 매우 재미있기 때문은 아닐 수도 있습니다. 실은 혼자 있는 것이 두려워서 늘 다른 사람들과 함께 있고 싶기 때문입니다. 텔레비전을 켤 때도 우리가 보고 싶은 재미있는 프로그램이 있어서가 아니라 자기 자신과 함께 혼자 있는 것이 두려워서일 수도 있습니다.

남들이 자신을 어떻게 생각할지 두려운 마음 역시 같은 곳에서 나옵니다. 남들이 우리를 부정적으로 생각한다면 그들은 우리를 받아주지 않을 것이고 그리되면 우리가 위험 속에 혼자 남게 되기 때문입니다. 그러므로 남들이 우리를 항상 좋게 생각해야 한다고 느낀다면 그것은 원초적 두려움의 연장선에 있는 것입니다. 새 옷을 사기 위해 자주 쇼핑을 간다면 그 역시 동일한 욕망 때문입니다. 남들이 자신을 받아주기를 바라고 거절당하는 것이 두려운 것입니다. 버림받고 혼자 남는 것, 그래서 아무도 자신을 돌보아주지 않는 것이 두려운 것입니다.

우리가 하는 수많은 행동의 저변에 도사린 이런 원초적 두려움과 욕망을 깊이보기를 통해 알아보아야 합니다. 우리가 오늘 가지고 있는 모든 두려움과 욕망은 다 이 원초적 두려움과 욕망이 계속되는 것입니다.

어느 날 산책을 하다가 문득 어떤 탯줄 같은 것이 나와 하늘에 있는 태양을 연결하고 있다고 느꼈습니다. 만약 거기에 태양이 없다면 나는 당장 죽게 되리라는 것을 확실히 알게 되었습니다. 그 뒤 나와 강물을 연결하는 탯줄을 보았습니다. 만약 강이 거기에 없다면 마실 물이 없어 역시 죽게 될 것입니다. 또한 나와 숲을 연결하는 탯줄을 보았습니다. 숲 속의 나무들은 내가 숨 쉴 산소를 만들어줍니다. 숲이 없다면 나는 죽을 것입니다. 그리고 내가 요리하여 먹는 채소와 밀, 쌀을 재배하는 농부들과 나를 잇는 탯줄도 보았습니다.

명상수행을 하면 남들이 보지 못하는 것을 보기 시작합니다. 비록 우리가 이런 탯줄들을 다 보진 못하겠지만 그 탯줄은 거기 분명 존재하며 우리를 어머니, 아버지, 농부, 태양, 강, 숲 등과 이어줍니다. 명상은 대상을 눈앞에서 상상하며 그려보는 시각화를 포함합니다. 만약 우리가 이런 탯줄에 연결된 자신을 그려볼 수 있다면 그 탯줄은 단지 5∼10개 정도가 아니라 수백 개, 수천 개가 될 것입니다.

내가 사는 남프랑스의 플럼 빌리지에서는 게송을 자주 읊고 노래합니다. 게송은 짧은 수행용 시입니다. 우리는 하루를 보내며 때론 묵언으로 때론 소리 내어 이 시들을 염송합니다. 게송수행을 통해 일상생활의 모든 행위가 깊이 살아날 수 있습니다. 플럼 빌리지에는 아침에 기상하는 게송, 이를 닦는 게송뿐 아니라 자동차와 컴퓨터를 사용할 때 하는 게송도 있습니다.

우리가 음식을 먹으며 염송하는 게송은 다음과 같습니다.

이 음식 속에
온 우주가 존재하며
나의 삶을 돕고 있음을
나는 분명히 본다.

채소를 깊이 보면 그 안에 햇빛이 있고 구름과 흙이 있음을 볼 수 있으며, 또한 우리 앞에 놓인 음식 속에도 수많은 사람의 사랑의 손길과 힘든 노동이 들어 있음을 알 수 있습니다. 그렇게 보면 우리와 함께 밥을 먹을 사람이 옆에 없다 할지라도 우리는 우리 마을, 조상님들, 어머니 자연과 온 우주가 거기 우리와 함께 있고 매 순간 우리 내면에도 있음을 알게 됩니다. 우리는 절대 외로움을 느낄 일이 없습니다.

두려움을 완화하기 위해 우선 할 일은 두려움과 이야기를 나누는 것입니다. 두려움에 떠는 내면의 아이와 함께 자리에 앉아 부드럽게 대하십시오. 한번 이렇게 말해보세요.

"작은 아이야! 나는 어른이 된 너야. 너에게 말해주고 싶은 것이 있는데 우리는 더 이상 아기가 아니야. 그러니까 이전처럼 무력하지도 않고 쉽게 상처받지도 않는단다. 이제 우리의 손과 발은 강해졌고 그래서 우리를 잘 지켜낼 수 있단다. 그러니 이제 더 이상 두려워할 필요가 없어."

아이에게 이렇게 말하면 매우 도움이 될 거라고 믿습니다. 내면의 아이가 깊은 상처를 받았고 그래서 우리가 자기에게로 돌아오기를 기다리고 있었기 때문입니다. 어린 시절의 상처는 고스란히 거기 남아 있는데 우리는 그동안 너무 바빠 그 아이에게로 돌아가 치유해줄 여유가 없었습니다. 그러므로 이제는 시간을 내어 그 아이에게 돌아가서 우리 안에 있는 상처받은 아이의 존재를 인정해주고 그 아이와 이야기를 나누어 상처가 치유되도록 도와주어야만 합니다. 그 아이에게 우리는 더 이상 무력한 아이가 아니라는 것을 여러 번 재확인시켜주고 이제는 자라나 성인이 되었고 그래서 자신을 잘 돌볼 수 있다고 말해주어야 합니다.

두 개의 방석을 자리에 놓습니다. 먼저 한쪽 방석에 앉아 자신이 무력하고 연약한 아이라고 상상합니다. 그리고 이렇게 자신의 마음을 표현해보십시오.

"있잖아, 난 의지할 데가 없어. 혼자서는 아무것도 할 수가 없어. 정말 위험한 것 같아. 난 곧 죽을지도 몰라. 아무도 날 돌봐주지 않잖아."

반드시 아이처럼 아이들 말투로 말해야 합니다. 이렇게 말하는 동안 두려움, 절망, 스트레스, 무력감이 가슴에서 올라오면 그런 감정들을 위로 막힘없이 올라오게 한 뒤 하나하나 감정을 인정하십시오. 의지할 데 없는 아이가 자신의 마음을 다 표현할 수 있게 충분한 시간을 주기 바랍니다. 그렇게 하는 것은 매우 중요한 일입니다.

아이가 마음을 충분히 표현했으면 이제 다른 방석으로 옮겨 앉습니다. 이제 어른 역할을 할 차례입니다. 마주한 자리에 비어 있는 방석을 보며 의지할 곳 없는 그 아이가 거기 앉아 있다고 생각하고 그 아이에게 말을 하는 것입니다.

"아이야, 내 말을 잘 들어봐. 난 어른이 된 너야. 너는 이제 의지할 곳 없는 아이가 아니야. 우리는 벌써 자라 어른이 되었잖아. 이제 우리는 우리를 지켜내고 혼자서 살아갈 수 있을 만큼 지성이 발달했어. 이젠 우리를 돌보아줄 누군가가 필요하지 않단다."

그런 대화를 하고 나면, 우리가 원하는 '나는 안전하다'라는 느낌을 다른 사람에게 매달리는 일이나 끝없이 주의를 다른 데로 돌리는 것을 통해 얻을 필요가 없다는 것을 알게 됩니다. 내면의 두려움을 인정하고 달래는 것이 두려움을 놓아버리기 위해 첫 번째로 할 일입니다.

과거에 학대를 당했거나 또는 두려움, 고통을 겪은 사람은 지금 자신이 안전하다는 사실을 반드시 이해해야 합니다. 과거의 상태로 퇴보하지 않기 위해 때론 친구, 형제자매, 선생님 등 다른 사람이 필요할 수도 있습니다. 이제 우리는 어른이 되었습니다. 그래서 스스로를 지켜낼 수 있을 뿐만 아니라, 지금 이 순간을 꽉 차게 살면서 남을 도울 수도 있습니다.

원초적 두려움

가끔 우리는 두려움과 슬픔이 강하게 일어나는 생각을 하고 있는 자신을 문득 발견하곤 합니다. 누구나 예외 없이 어느 정도의 고통을 겪고, 그래서 종종 과거의 고통을 회상하곤 합니다. 과거로 돌아가서 이런저런 것들을 되짚어보며 과거의 영화를 돌리는 겁니다. 하지만 이때 알아차림이나 자각이 함께하지 않는다면 그런 영상을 볼 때마다 고통을 겪곤 합니다.

예를 들어 어린 시절 큰 학대를 받아 많이 고통스러웠다고 가정해봅시다. 당시 우리는 연약하고 상처도 잘 받았어요. 아마도 늘 두려움을 느꼈을 겁니다. 우리는 자신을 보호하는 방법을 몰랐습니다. 어른이 된 지금도 마음속에서 계속 학대를 당하고 또 당하고 있을지도 모릅니다. 하지만 이제 우리는 자신을 방어할

줄 모르는 연약하고 상처입기 쉬운 아이가 아닙니다. 그럼에도 여전히 지금까지 그 아이의 고통을 느끼고 있는 것은 자꾸만 그 고통스런 기억을 회상하기 때문입니다.

우리의 마음속에 하나의 사진이, 또는 한 편의 영화가 저장되어 있습니다. 그리고 우리 마음이 과거로 돌아가서 그 사진이나 영화를 볼 때마다 고통을 받는 것입니다. 알아차림을 수행하면 '지금 여기'에 온전히 머물 수 있게 됩니다. 지금 이 순간은 항상 우리가 사용할 수 있는 시간이며, 따라서 오래전에 일어났던 그 사건들을 다시 경험할 필요가 없다고 우리에게 알려줍니다.

예를 들어 20년 전에 누군가 나를 때렸다고 합시다. 그 사건은 우리 무의식 속에 하나의 사진으로 각인되어 있습니다. 우리 무의식에는 많은 영화와 사진 들이 저장되어 있고, 그것들이 항상 상영되고 전시되고 있습니다. 그리고 우리는 과거로 자꾸만 돌아가 그것들을 보고 또 봅니다. 그러니 고통스러울 밖에요. 그 사진을 볼 때마다 우리는 뺨을 맞고 또 맞고 또 맞는 겁니다.

하지만 그것은 단지 과거일 뿐입니다. 우리는 지금 과거에 살지 않습니다. 현재 이 순간에 살고 있지요. 네, 그 사건은 일어났습니다. 과거에 말입니다. 이제 남은 것은 사진과 기억뿐입니다. 과거로 자꾸 돌아가 그 사진을 본다면 그것은 바른 알아차림이 아닙니다. 하지만 지금 이 순간에 뿌리를 잘 내리고 있다면 과거를 돌아보아도 우리의 마음자세가 달라지기 때문에 고통을 전환시킬 수 있습니다.

아마도 때때로 어린 시절 누군가가 장난감을 빼앗아간 적이 있을 것입니다. 어린 우리는 그 상황을 유리하게 만들기 위해 울음을 배웠을 것입니다. 또는 돌보아주는 사람에게 잘 보여서 장난감을 돌려받기 위해 웃음을 배웠을 것입니다. 어린아이가 사회적 수완으로 웃음을 웃게 된 겁니다. 이것이 생존 문제를 해결하는 방법 중 하나입니다. 배운다는 생각 없이 배우는 거지요. 우리가 연약하고 상처받기 쉽고 자신을 방어할 수 없다는 느낌, 누군가 항상 곁에 있어야만 할 것 같은 마음은 늘 존재합니다. 그 원초적인 두려움, 그리고 그것의 이면에 있는 원초적 욕망이 항상 존재합니다. 갓 태어난 아기는 두려움과 욕망을 고스란히 간직한 채 늘 우리 안에 살고 있습니다.

모든 상황이 나아졌는데도 여전히 고통스러워하고 우울한 사람들이 있습니다. 이것은 습관적으로 과거에 머물기 때문입니다. 그들은 고통이 가득한 과거에 둥지를 틀고는 편안하다고 생각합니다. 그 집은 과거의 영화가 항상 상영되고 있는 잠재의식 깊은 곳에 있습니다. 매일 밤 그들은 그곳으로 돌아가 그 영화들을 보며 고통을 받습니다. 우리가 끝없이 걱정하는 미래는 단지 우리가 과거에 느낀 두려움과 욕망이 투사된 것에 불과합니다.

과거에 사로잡히기는 너무 쉽기 때문에 지금 이 순간에 머물기 위해서는 무언가 알아차림을 상기시켜줄 수 있는 것, 또는 알림이 같은 것이 필요합니다. 플럼 빌리지에서는 종소리를 알림으로 사용합니다. 종이 울리면 알아차림 속에 숨을 쉬면서 자신에게 말합니다. '나는 종소리를 듣는다. 이 아름다운 소리가 나를 본래의 집으로 데려다준다' 본래 집은 바로 지금 여기에 있습니다. 과거는 본래의 집이 아닙니다.

내면의 작은 아이에게 과거는 우리 집이 아니라고, 우리가 실제로 삶을 살 수 있는 지금 여기가 우리 집이라고 말해주십시오. 지금 여기에서 우리에게 필요한 모든 자양분과 치유를 얻을 수 있습니다. 두려움, 불안, 괴로움 등을 겪는 이유는 대체로 내면의 아이가 자유를 얻지 못했기 때문입니다. 그 아이는 지금 이 순간으로 나오는 것을 두려워합니다. 우리의 알아차림과 호흡이 그 아이에게 지금은 안전하고 자유롭다는 것을 깨닫도록 도울 수 있습니다.

영화를 보러 가면 관람석에 앉아 화면을 바라봅니다. 저기 영화 속에는 이야기가 있고 대화하는 사람들이 있습니다. 그리고 여기 관람석에서 우리는 울고 있습니다. 화면 속에서 일어나는 일이 실제인 것처럼 체험하고 있는 것입니다. 그래서 눈물을 흘리고 진짜 감정을 느끼는 것입니다. 여기서 우리가 겪는 고통은 사실이고 눈물도 현실입니다. 하지만 이때 만약 우리가 앞으로 나가서 화면을 만져보더라도 거기 실제 사람은 없습니다. 단지 깜빡이는 불빛만 가득할 뿐입니다. 화면 속의 사람과 이야기를 할 수도 차를 마실 수도 없습니다. 그들을 말릴 수도 없고 질문을 할 수도 없습니다. 그럼에도 그 영화는 우리의 몸과 마음에 생생한 고통을 안겨줍니다. 마찬가지로 우리의 기억들도 지금 이 순간 일어나고 있는 일은 아니지만 정서적, 신체적 고통을 일으킬 수 있습니다.

이렇게 과거의 사건들을 재상영하고 또 새로운 사건들이 일어나면 그것이 마치 과거의 사건인양 습관적으로 반응하는 자신을 깨닫는다면 그런 습관 에너지가 다시 올라올 때 그것을 알아차릴 수 있습니다. 그렇게 알아차리면 자신에게 다른 방법을 선택할 수 있다고 알려줄 수 있습니다. 우리는 그 순간을 마치 태어나서 처음 맞이하는 것처럼 대할 수 있고, 자비로운 눈으로 볼 수 있을 때까지 과거를 조금 미루어둘 수 있습니다.

한가한 시간에 조용한 자리를 마련하여 상처 입은 내면의 아이에게 더 이상 고통받을 이유가 없다고 말해줄 수 있습니다. 그 아이의 손을 잡고 지금 이 순간으로 함께 와서 지금 여기에서 가능한 삶의 모든 경이를 보여줄 수 있습니다.

"예쁜 아이야, 이리 와보렴. 우리는 이제 다 자랐어. 더 이상 두려워할 필요가 없단다. 우리는 이제 그리 연약하지도 쉽게 부서지지도 않는단다."

내면의 그 아이를 가르쳐야 합니다. 그 작은 아이가 우리를 따라와서 지금 이 순간 우리와 함께 살도록 해야 합니다. 물론 과거를 돌아보고 과거에서 배울 필요도 있지만 그리 할 때도 지금 이 순간에 뿌리를 내린 상태에서 과거를 돌아보아야 합니다. 그렇게 하면 과거로 휩쓸려 들어가거나 압도되지 않고 슬기로운 눈으로 과거를 바라보고 배울 수 있습니다.

미래는
아직 오지 않았다

마찬가지로 미래를 대비할 때도 수많은 계획에 짓눌리지 않을 수 있습니다. 우리는 흔히 계획을 전혀 세우지 않거나, 아니면 강박적으로 과도하게 세웁니다. 미래와 미래가 암시하는 불확실성이 두렵기 때문입니다. 우리가 움직여야 하는 시간은 현재입니다. 지금 이 순간에 닻을 내리면 미래를 훨씬 더 잘 계획할 수 있습니다. 현재 순간에서 깨어 있는 삶을 산다 해서 미래 계획을 세우지 말라는 것이 아닙니다. 단지 미래에 대한 근심걱정 때문에 자신을 잃어버리지 말라는 뜻입니다. 지금 이 순간에 뿌리를 두면 미래를 현재 순간으로 데려와서 깊이 살펴볼 수 있습니다. 그리하면 불안과 불확실성 때문에 길을 잃을 염려가 없습니다. 우리가 참으로 '지금 여기'에 있다면, 그리고 지금 이 순간을 최선을 다해 돌본다면 이미 미래를 대비하며 최선을 다하고 있는 것입니다.

과거에 대해서도 마찬가지입니다. 부처님의 가르침과 알아차림 수행은 미래를 깊이 보지 말라고 금하지 않습니다. 하지만 만약 우리가 과거에 대한 회한과 슬픔에 빠져 허우적댄다면 그것은 바른 알아차림이 아닙니다. 지금 이 순간에 잘 머물고 있다면 우리는 과거를 지금 이 순간으로 옮겨와서 깊이 볼 수 있습니다. 지금 이 순간에 뿌리를 잘 내린 동안에는 과거와 미래를 잘 관찰할 수 있습니다. 실은 지금 이 순간에 뿌리를 둘 때 과거로부터 가장 잘 배울 수 있고 미래의 계획도 가장 잘 세울 수 있습니다.

친구가 고통받는다면 당연히 도와야 합니다.

"사랑하는 친구야, 너는 지금 안전한 땅을 딛고 있어. 지금 모든 것이 괜찮단다. 그런데 너는 왜 계속 고통스러워하니? 과거로 돌아가지 마. 과거는 단지 허깨비와 같아. 현실이 아니잖아."

그것들이 모두 사진이고 영화에 불과할 뿐 현실이 아님을 알아차릴 때마다 우리는 자유를 되찾습니다. 이것이 바로 알아차림 수행입니다.

과거와 화해하기

우리가 가진 원초적 두려움은 탄생과 어린 시절에서만 유래한 것은 아닙니다. 우리가 느끼는 두려움은 우리 자신과 조상들의 원초적 두려움이 합쳐진 것입니다. 조상들 역시 배고픔과 다른 위험들 때문에 고통을 받았고 극도로 불안했던 적도 있었을 겁니다. 이런 두려움을 우리가 물려받은 것입니다. 사람은 누구나 예외 없이 내면에 두려움을 가지고 있습니다. 그리고 두려움에 시달리기 때문에 상황은 더욱 악화됩니다. 우리는 자신의 안전과 직장, 가정 때문에 근심합니다. 외부에서 오는 위협도 걱정입니다. 심지어 나쁜 일이 전혀 일어나지 않는다고 해서 두려움이 없는 것도 아닙니다.

한때 한 미국 젊은이가 플럼 빌리지에 와서 다른 사람들과 함게 명상수행을 했습니다. 거기 모인 모든 사람들에게 제가 말했습니다. 부모님이 살아 계시든 돌아가셨든 한 분에게 사랑의 편지를 쓰라고요. 편지 쓰기는 일종의 명상수행입니다. 그런데 이 젊은이는 편지를 쓰지 못하고 있었습니다. 아버지를 생각할 때마다 고통이 밀려왔기 때문이지요. 아버지는 이미 돌아가셨지만 젊은이는 아버지와 화해를 하지 못하고 있었습니다. 어린 시절 아버지가 어찌나 무섭게 했던지 젊은이는 지금도, 심지어 편지를 통해서도 아버지와 이야기하는 것이 두려웠던 것입니다. 편지는 고사하고 아버지를 생각하는 것조차 힘들었습니다. 그래서 나는 그 젊은이에게 수행법 하나를 알려주고 1주일간 해보라고 했습니다.

"숨을 들이쉬며 '나는 나를 다섯 살 아이로 본다' 숨을 내쉬며 '나는 그 다섯 살 아이에게 웃음을 보낸다'."

혹시 그 작은 아이가 이제는 없다고 생각하시나요? 하지만 우리 내면에 그 아이는 여전히 살아 있습니다. 여전히 깊은 상처를 안고 말이지요. 그 아이가 우리를 부르고 있어요. 그런데 우리는 시간이 없습니다. 너무 바쁩니다. 자신을 어른으로 생각할지 모르지만 실은 어른인 동시에 깊이 상처받고 두려워하는 작은 아이이기도 합니다. 그러니 숨을 들이쉬며 자신을 그토록 연약한 작은 아이로 본다면 자연스럽게 마음속에 자비심이 생길 것입니다. 그리고 숨을 내쉴 때는 아이를 바라보며 웃는데 그것이 이미 자비와 이해의 미소입니다.

우리 내면의 작은 아이는 매우 큰 고통을 받고 있습니다. 어린 시절에는 주변의 어른들이 내리는 결정에 깊은 영향을 받습니다. 아이는 무엇이든 쉽게 마음에 새깁니다. 심지어 태어나기 전에도 아이는 소리를 들으면 그것이 고함소린지 노랫소린지 구분할 수 있습니다. 그러므로 아이를 진정 아낀다면, 아이가 태중에 있을 때도 아이의 주변을 사랑으로 채워야 합니다. 사랑은 아주 일찍부터 시작해야 합니다.

많은 젊은이들이 아버지나 어머니가 싫다고 말합니다. 때론 아주 분명하고 강한 어조로 말하기도 합니다.

"제가 그 사람과 아무 관계도 없는 사람이면 좋겠어요."

부모에게 너무 화가 쌓여서 관계를 끊고 싶은 겁니다. 부모와 정서적 또는 신체적으로 분리할 필요가 있을 때도 있습니다. 특히 학대하는 부모라면 말이지요. 때로 부모 곁에 있으면 우리는 다시 너무나 연약해져서 상처받게 되리라고 두려워하기도 합니다.

하지만 만나지 않고 이야기하지 않는다고 해도 우리는 부모와 완전히 분리될 수 없습니다. 우리는 그분들에게서 나왔으니까요. 우리는 우리 아버지고 우리 어머니입니다. 비록 우리가 부모를 아무리 증오한다 해도 이것은 사실입니다.

우리는 어머니와 아버지를 계속 이어가는 것입니다. 우리는 그분들의 연속이고 우리에게서 그 부분만 딱 떼어낼 수 없습니다. 부모에게 화를 낸다고 해서 이런 사실이 달라지진 않습니다. 단지 우리 자신에게 화를 내는 격입니다. 우리는 내면의 부모와 화해하고 대화를 하여 평화롭게 공존할 방법을 찾아야 합니다. 이런 필요성을 이해한다면 화해는 어렵지 않을 것입니다.

우리에게 큰 변화는 가능합니다. 내적 변화 그리고 주변세계에 영향력을 미칠 수 있는 능력을 통해서 말입니다. 흔히 두렵기 때문에 어찌 해야 좋을지 모르겠다고 생각하는 겁니다. 하지만 그런 순간에도 알아차림 속에서 걷기명상과 호흡명상을 수행하면 알아차림과 이해의 힘을 키울 수 있습니다. 이해가 올 때 두려움과 화, 증오를 놓아버릴 수 있습니다. 사랑은 오직 '이해'라는 땅에서만 자라납니다.

몸과 마음이 연결되었다고 할 때 이는 단지 우리 개인의 몸과 마음만을 의미하지 않습니다. 우리 안에 핏줄의 조상들과 영적인 조상들이 있습니다. 또한 우리 몸을 구성하는 세포 하나하나에서도 아버지와 어머니의 존재를 느낄 수 있습니다. 그분들은 정말 우리 안에 계시고 할아버지, 할머니, 증조할아버지, 증조할머니도 계십니다. 그리 생각해보면 우리가 그분들의 연속임을 알게 됩니다. 조상들이 여기 안 계시다고 생각해오셨나요? 하지만 과학자들조차 우리 안에 조상들이 계시다고 말합니다. 우리 몸의 모든 세포에 존재하는 유전적 유산을 말하는 겁니다. 우리의 후손도 마찬가지입니다. 후손들의 모든 세포에 우리가 있게 될 것입니다. 그리고 우리가 만났던 모든 사람들의 의식 속에도 우리가 있게 될 겁니다.

자두나무를 생각해보세요. 나무에 열린 자두에는 씨가 있습니다. 그 씨는 자두나무와 이전의 모든 자두나무 세대를 다 담고 있습니다. 자두나무 씨 하나에는 무한한 숫자의 자두나무가 담겨 있습니다. 그 씨 안에는 가지와 잎과 꽃과 열매를 어떻게 생산하여 자두나무가 되는지에 대한 모든 지혜가 담겨 있습니다. 혼자서는 그런 일을 할 수 없습니다. 수많은 조상 세대의 적응 과정과 체험을 물려받아서 가능한 겁니다. 우리 역시 마찬가지입니다. 우리가 제대로 된 인간이 될 지능과 지혜를 갖춘 것은 바로 피를 물려준 조상과 영적인 조상 들로부터 무한한 지혜를 물려받았기 때문입니다.

영적 조상들이 우리 안에 계시다는 것은 타고난 천성과 양육으로 인해 길러진 성품이 분리될 수 없기 때문입니다. 양육은 물려받은 천성을 변화시킵니다. 일상생활의 일부인 영성과 알아차림 수행 역시 우리 몸의 모든 세포에 존재합니다. 우리는 그것들의 존재를 부정할 수 없습니다.

어떤 사람들에겐 훌륭한 부모가 있고, 어떤 사람들에겐 자신이 고통스럽기 때문에 배우자와 자녀들에게도 고통을 주는 부모가 있습니다. 누구에게나 흠모하는 핏줄의 조상이 있고 또 부정적 성품을 보이는 별로 자랑스럽지 못한 조상도 있습니다. 이 두 부류 모두 우리의 조상입니다. 때론 우리를 도와주지 않았을 뿐 아니라 심지어 해악까지 끼친 영적 조상들도 있습니다. 우리가 아무리 화를 내도 그들 역시 모두 우리의 조상들입니다.

우리는 자신에게로 돌아와 이런 핏줄의 조상과 영적 조상들을 모두 받아들여야 합니다. 그분들을 없애버릴 수는 없습니다. 그분들은 현실이고 우리 안에, 몸과 마음, 영혼 속에 있습니다. 용서라는 기적의 문을 열고자 한다면 우선 조건 없이 그분들을 받아들이는 것이 먼저입니다.

다른 사람을 있는 그대로 잘 받아들이려면 먼저 자신을 받아들이는 것에서 시작해야 합니다. 자기 자신을 있는 그대로 받아들이지 못한다면 남들도 절대 받아들이지 못합니다. 내가 나를 보면 긍정적이고 훌륭하고 심지어 감탄할 만한 점도 있지만 부정적인 면도 있다는 것을 압니다. 그래서 먼저 나를 인정하고 받아들입니다.

숨을 들이쉬고 내쉬며 한핏줄인 조상들을 눈앞에 그리며 그분들의 장점과 단점을 보십시오. 주저하지 말고 그분들 모두 조상으로 받아들이겠다고 결심하십시오.

조상님, 저는 당신들입니다. 그리고 당신들의 강한 모습, 약한 모습도 모두 제 안에 있습니다. 조상님이 긍정적, 부정적 씨앗을 다 가지고 계심을 이해합니다. 당신께서 복이 많으셔서 친절, 자비, 두려움 없는 마음 등의 좋은 씨앗에 물을 주셨다는 것을 잘 알고 있습니다. 또 당신들께서 복이 없으셨을 때 두려움, 탐욕, 질투 등의 부정적 씨앗에 물을 주셨고, 그래서 긍정적 씨앗들이 자라날 새가 없었다는 것도 이해합니다.

한 개인의 내면에 긍정적 씨앗들이 물을 먹고 자라난다면 그것은 반은 복 덕분이고 또 반은 노력 덕분입니다. 우리 삶의 여러 상황들이 인내, 너그러움, 자비, 사랑 등의 씨앗에 물을 주도록 도왔을 수 있습니다.

주변사람들이나 또는 알아차림 수행이 이런 씨앗들에게 물을 주어 키우도록 도와줄 수도 있습니다. 하지만 전쟁 중에 자란 사람 또는 고통이 많은 가정이나 마을에서 자란 사람의 경우 절망과 두려움만 가득할 수도 있습니다. 고통을 많이 받아 세상과 남들을 두려워하는 부모는 자녀들의 마음속에 있는 두려움과 화의 씨앗에 물을 줍니다. 하지만 아이들이 안전과 사랑 속에서 자란다면 좋은 씨앗이 양육되고 더 강해질 것입니다.

만약 이런 시선으로 조상을 본다면 그들 역시 고통 속에서 최선을 다해 살았던 사람임을 이해하게 될 것입니다. 그런 이해가 모든 거부감과 화를 씻어줄 수 있습니다. 모든 조상을 그들의 장점과 단점 모두와 함께 받아들이면 우리 내면은 좀 더 평화로워지고 두려움도 좀 덜 느끼게 될 것입니다. 또한 형이나 누나도 우리보다 먼저 태어났으니까, (젊은) 조상으로 볼 수 있습니다. 이들 역시 우리와 마찬가지로 장단점이 있습니다.

　조상과의 화해에는 수행이 필요합니다. 내면의 두려움을 없애려면 이런 화해가 꼭 필요합니다. 수행은 어디서 해도 상관없습니다. 제단 앞에서, 나무 앞에서, 산에서 또는 도심에서. 장소는 중요하지 않습니다. 단지 내면 속 모든 조상들의 존재를 눈앞에 그려보기만 하면 됩니다. 이들과 평화로운 관계를 이룰 때만 우리는 온전히 남김없이 지금 이 순간 속에 머물 수 있습니다.

미래에 대한 두려움 놓아버리기

다섯 가지 기억하기

우리는 과거에 일어났던 사건들 속에 머물며 거기 얽매여 살아가기도 하지만, 또 앞으로 어떤 일이 닥칠까 두려워하며 살아갑니다. 죽음에 대한 두려움은 인간이 가진 두려움 중 가장 큰 것입니다. 이 두려움을 은폐하거나 두려움을 피해서 달아나지 않고 두려움의 씨앗을 꿰뚫어보면 그때 비로소 두려움을 변화시킬 수 있습니다. 이런 변화를 가져오는 가장 강력한 방법 중 하나는 '다섯 가지 기억하기' 수행을 하는 것입니다. 천천히 알아차림 속에서 숨을 깊이 들이쉬고 내쉬며 다음의 '다섯 가지 기억하기'를 자신에게 말해주십시오. 그러면 그 두려움의 본성과 뿌리를 깊이 통찰할 수 있을 것입니다.

'다섯 가지 기억하기'는 다음과 같습니다.

1. 나는 늙어가는 본성을 타고 났다. 늙음을 피할 수 없다.

2. 나는 병마에 시달리는 본성을 타고 났다. 병마를 피할 수 없다.

3. 나는 죽어가는 본성을 타고 났다. 죽음을 피할 수 없다.

4. 내게 귀중한 모든 것과 내가 사랑하는 모든 사람들은 변화하는 본성을 타고 났다. 그들과의 헤어짐을 피할 수 없다.

5. 나는 내 몸과 말, 마음으로 행한 행위의 결과를 물려받는다. 나의 행위는 나의 연속이다.

이 '다섯 가지 기억하기'를 하나하나 깊이 보면서 알아차림 속에서 숨을 깊이 들이쉬고 내쉬며 이전과 다른 강력한 차원에서 두려움을 대상으로 수행을 합니다.

1. 나는 늙어가는 본성을 타고 났다. 늙음을 피할 수 없다.

이것이 '첫 번째 기억하기'입니다.

"숨을 들이쉬며, 나는 늙어가는 본성을 타고 났다는 것을 안다. 숨을 내쉬며, 나는 늙음을 피할 수 없다는 것을 안다."

우리는 모두 늙는 것이 두렵습니다. 생각도 하기 싫습니다. 우리는 이 두려움이 저 아래 어딘가에, 가능한 한 멀리, 조용히 있기를 바랍니다. 이 기억하기 수행 또는 명상은 《앙굿타라니카야》(AN III 70~71)에 있는 "분명 나는 늙을 것이다"라는 말을 응용한 것입니다. 이것은 피할 수 없는 진실입니다. 하지만 우리 대부분은 그것을 인정하고 싶지 않기 때문에 정도의 차이는 있지만 부정을 하며 살아갑니다. 하지만 우리 마음속 깊은 곳에서는 그것이 사실임을 알고 있습니다. 우리가 두려운 생각들을 억압하면 두려움은 그 어둠 속에서 계속 악화됩니다. 우리는 잊어버리려고, 그런 생각들이 의식의 수면 위로 떠오르는 것을 막기 위해 미친 듯이 (음식, 술, 영화 등을) 소비합니다. 두려움에서 달아나는 것은 궁극적으로 나와 남에게 고통을 안겨주고 두려움만 키우는 일입니다.

우리는 '첫 번째 기억하기'를 단지 논리적 사실이 아니라 현실로, 진리로 받아들여야 합니다. 이 기억하기를 염송하는 일은 분명한 일을 재확인하는 것이 아니라, 우리가 직접 체험해야 할 진리를 체화할 기회입니다. 잠시 시간을 내어 이 진리가 우리 살과 뼈에 스며들도록 하는 일입니다. '그래, 물론 그렇겠지만 지금 나는 젊잖아. 하지만 언젠가는 늙겠지' 하면서 이것을 단지 이해 차원으로만 두면 안 됩니다. 이런 추상적 이해는 아무 도움이 되지 않습니다. 특히 우리 마음이 평소 그것을 억압하고 그런 말을 하자마자 바로 잊어버리게 만들기 때문입니다.

부처님께서는 나이 듦과 죽음을 피할 수 없다는 진리를 상기하고, 그 진리와 접하게 되면 두려움과 그 두려움을 잊기 위해 우리가 행하는 어리석음들이 멈출 것이라고 하셨습니다. 우리가 무의식적으로 두려움을 행동으로 옮기지 않게 되면 두려움이 더 커지도록 그 불길에 부채질을 하는 일도 없게 될 것입니다.

2. 나는 병마에 시달리는 본성을 타고 났다. 병마를 피할 수 없다.

'두 번째 기억하기'는 질병이 보편적 현상임을 인정하는 것입니다.

"숨을 들이쉬며, 나는 병마에 시달리는 본성을 타고 났다는 것을 안다. 숨을 내쉬며, 나는 병마를 피할 수 없다는 것을 안다."

부처님의 출가 전 이름은 싯다르타였습니다. 싯다르타는 카필라바스투 왕국에서 가장 강한 청년이었습니다. 스포츠 등의 경기에서 싯다르타는 종종 1등을 했고, 사촌 데와닷타를 포함한 모두가 그를 부러워하며 싯다르타의 기량을 가졌으면, 하고 꿈꾸었습니다. 자기보다 강한 사람이 거의 없다는 사실을 안 싯다르타는 자연히 오만해졌습니다. 하지만 좌선을 하며 깊이보기 수행을 했을 때 자신의 오만을 알아차렸고 그래서 그 오만을 놓아버릴 수 있었습니다.

평소 건강이 좋을 때 우리는 질병이 남의 얘기라고 생각합니다. 그래서 아픈 사람들을 아래로 내려다보며, 걸핏하면 아픈 약골이라고, 항상 약을 먹고 물리치료를 받아야 하는 사람이라고 힐난합니다. 자신이 그들과 다르다고 생각합니다.

하지만 우리 역시 언젠가 병이 듭니다. 이런 현실을 지금 부지런히 숙고하지 않는다면 그날이 갑자기 닥칠 때 어찌해야 할지 모르게 될 겁니다. 아직 우리 다리는 튼튼합니다. 달릴 수도 있고, 걷기명상도 하고 축구도 할 수 있습니다. 팔로 많은 일을 할 수도 있습니다. 하지만 이런 능력을 우리 자신과 남들을 돌보는 데 사용하지 않습니다. 우리는 에너지를 감정적 고뇌를 변화시키고 남들과 자신의 괴로움을 완화하는 수행에 사용하지도 못합니다.

어느 날 우리는 침대에 누워 있게 될 겁니다. 단 하나의 소망이 자리에서 일어나서 단 한 걸음이라도 걸을 수 있게 해달라는 소박한 것이라 할지라도, 우리는 그조차 할 수 없게 될 겁니다. 그래서 지금 이 순간, 몸을 가지고 있기 때문에 우리도 언젠가 병이 드는 것이 당연한 일임을 직시해야 합니다. 이를 이해하면 건강에 대한 오만을 내려놓을 수 있습니다. 그리하면 바른 행동의 길이 나타나고, 시간과 에너지를 잘 사용하여 필요한 일을 하고 몸과 마음을 파괴하는 의미 없는 행동에 열중하지 않게 될 것입니다. 그러면 우리가 해야 할 일이 분명해질 것입니다.

3. 나는 죽어가는 본성을 타고 났다. 죽음을 피할 수 없다.

'세 번째 기억하기'는 다음과 같습니다.

"숨을 들이쉬며, 나는 죽어가는 본성을 타고 났다는 것을 안다. 숨을 내쉬며, 나는 죽음을 피할 수 없다는 것을 안다."

우리는 이 단순하고도 진실한 사실의 직시를 꺼립니다. 오히려 이 사실이 사라져버리기를 바랍니다. 두려우니까요. 이것을 깊이 보는 것도 고통스럽습니다. 죽음은 우리가 직면해야 할 현실입니다. 무의식은 늘 그것을 잊으려고 애쓰고 있습니다. 그 두려움과 만날 때 알아차림의 에너지와 함께하지 않으면 고통스럽기 때문입니다. 우리의 방어기제가 그것을 잊도록 몰아갑니다. 우리는 그런 말을 듣고 싶지 않습니다. 하지만 마음 한구석에서는 죽음의 두려움이 늘 도사리고 있어 우리를 몰아댑니다.

진심으로 언젠가 (그것도 아마 우리 생각보다 더 빨리) 죽으리라는 사실을 직시한다면 우리는 말도 안 되는 행동들을 하거나 영원히 살리라는 망상을 키우지 않게 될 것입니다. 도덕성에 대한 숙고 또한 자신과 세계를 변화하고 치유하는 수행을 하도록 이끌어줄 것입니다.

4. 내게 귀중한 모든 것과 내가 사랑하는 모든 사람들은 변화하는 본성을 타고 났다. 그들과의 헤어짐을 피할 수 없다.

'네 번째 기억하기'는 다음과 같습니다.

"숨을 들이쉬며, 나는 내게 귀중한 모든 것과 내가 사랑하는 모든 사람들이 변화하는 본성을 타고 났다는 것을 안다. 숨을 내쉬며, 나는 그들과의 헤어짐을 피할 수 없다는 것을 안다."

내가 오늘 귀하게 여기는 모든 것들을 두고 나는 내일 떠나야만 합니다. 그것이 집이든, 은행계좌든, 자녀들이든, 아름다운 동반자든 말입니다. 오늘 소중히 여기는 모든 것들을 버려야만 합니다. 죽을 때 아무것도 가져갈 수가 없습니다. 이것은 과학적 진리입니다. 우리가 소중히 여기는 것들, 오늘 우리 것들은 내일 거기 없을 것입니다. 가장 소중히 여기는 물건들뿐 아니라 사랑하는 사람들에게서도 떠나야만 합니다.

죽음을 맞이할 때 어떤 물건도 어떤 사람도 데려갈 수가 없습니다. 그럼에도 매일 우리는 돈, 지식, 명성을 비롯한 모든 것을 점점 더 많이 축적하려고 기를 씁니다. 심지어 60세, 70세가 되어도 더 많은 돈, 지식, 명성, 권력을 추구합니다. 우리가 집착하는 기념물과 소유물 들을 어느 날이 되면 하루아침에 모두 포기해야 한다는 것을 잘 알고 있습니다. 그래서 수행승들은 물건을 모아두지 않습니다. 부처님께서는 수행승들이 단 세 벌의 법의, 발우 한 개, 물을 거르는 필터 한 개, 방석 한 개만을 가져야 한다고 말씀하셨고, 이 얼마 안 되는 소유물마저도 버릴 준비가 되어 있어야 한다고 하셨습니다. 부처님께선 우리가 즐겨 수행했거나 잠을 잤던 나무 밑조차도 집착해선 안 된다고 하셨습니다. 우리는 어떤 나무 밑에서든 수행을 하고 잠을 잘 수 있어야 합니다. 우리의 행복은 어떤 특정 장소를 소유하는 데 있지 않습니다. 우리는 놓아버릴 준비가 되어 있어야 합니다.

수행을 하여 놓아버리게 되면 우리는 오늘 당장 자유롭고 행복해집니다. 하지만 놓아버릴 수 없다면, 우리는 마침내 반드시 가야 하는 죽음에 이르렀을 때에도 고통을 받겠지만, 바로 오늘과 오늘 이후의 매일매일을 고통스럽게 보낼 것입니다. 두려움이 끝없이 우리를 따라다니기 때문이지요. 나이가 들어도 여전히 탐욕스럽고 스크루지처럼 무엇이든 쌓아두기만 하는 인색한 사람들이 있습니다. 수치스러운 일입니다. 이런 일이 생기는 것은 이들이 어느 날인가 곧, 아니면 단 두세 달 뒤에 모든 것을 버려야 한다는 것을 몰라서가 아닙니다. 단지 탐욕이 습관화되었기 때문에, 삶을 사는 내내 물건을 축적하는 일에서만 행복을 찾았기 때문입니다. 죽을 날이 석 달밖에 남지 않은 시점에서조차 그 습관은 여전히 강력해서 놓아버리기가 힘이 듭니다.

베트남에 '탁숭'이라는 부자에 대한 전설이 있습니다. 그의 창고에는 왕의 창고에 있는 것들이 모두 있었습니다. 탁숭은 그것을 매우 자랑스러워했습니다. 그는 왕과 동일한 양의 (혹은 더 많은) 금과 보물을 가진 것에 자부심을 느꼈습니다.

어느 날 왕은 탁숭에게 "정말 경이 나보다 더 부자라고 생각하는가?" 하고 물었습니다. 자신만만했던 탁숭은 내기를 걸었고, 만약 왕의 창고에 있는 것이 자신의 창고에 하나라도 없다면 전 재산을 왕에게 바치겠다고 장담했습니다. 이것이 부에 대한 오만입니다. 대신들이 지켜보는 가운데 내기가 시작되었습니다. 정말 왕이 내놓는 것마다 탁숭은 다 내놓았습니다. 하지만 하루가 저물 무렵 왕에겐 있지만 탁숭에겐 없는 것이 하나 나왔습니다. 바로 깨진 솥단지였습니다. 그 깨진 솥단지로는 국을 끓일 수는 없었지만 생선이나 두부 요리를 할 수는 있었습니다. 법무대신은 탁숭이 내기에서 졌다고 선언했습니다. 탁숭은 약속대로 모든 재산을 왕에게 바쳤습니다. 몹시 속이 상했던 탁숭은 도마뱀으로 변했고, 지금도 (속상한 마음에) 늘 혀를 차고 있다고 합니다.

"쯧, 쯧! 쯧, 쯧!"

우리는 탁숭처럼 물질의 소유에서 행복을 찾고 싶진 않습니다. 부처님께서는 수행승들에게 언젠가 밤하늘의 달을 보라고 하시며 광활한 허공을 여행하는 달의 행복이 얼마나 큰지 알겠느냐고 물었습니다. 수행자로서 우리는 달처럼 자유로워야 합니다. 우리가 점점 더 많은 부와 명성, 권력, 섹스 등에 집착한다면 자유를 잃게 될 것입니다.

5. 나는 내 몸과 말, 마음으로 행한 행위의 결과를 물려받는다. 나의 행위는 나의 연속이다.

'다섯 번째 기억하기'는 죽을 때 우리를 연속시켜주는 유일한 것들은 단지 생각들, 말들, 행동들, 즉 '업karma'이라는 것을 알려줍니다.

"숨을 들이쉬며, 나는 내 생각들, 말들, 행동들 외에 아무것도 가져가지 않을 것을 안다. 숨을 내쉬며, 오직 나의 행위만이 나와 함께 간다."

우리가 한 모든 생각들, 우리가 한 모든 말들, 몸으로 한 모든 행위들은 업이 되어 우리를 따라가고 우리를 연속시켜줍니다. 다른 모든 것들은 두고 가지요.

우리는 부모님이 아껴둔 돈을 상속받는 것이 아니라, 우리 행위의 과보를 물려받는 이야기를 하고 있습니다. 우리가 지금까지 생각하고 말하고 행동한 것을 업이라고 부릅니다. 우리가 그것을 상속하길 원하든 원하지 않든 업은 우리와 함께합니다. 우리가 소중히 여기던 모든 소유물과 사랑하는 사람들은 두고 가야 하지만, 행위의 과보인 업은 우리를 따라옵니다. 우리는 절대로 그 업을 피할 수 없습니다. "안 돼! 너는 나를 따라올 권리가 없어!"라고 말할 수 없습니다. 업은 우리가 딛고 서 있는 땅과도 같습니다. 우리에겐 단 하나의 토대가 있고 그것이 바로 업입니다. 그밖에 다른 땅은 없습니다. 우리가 몸, 말, 마음으로 행한 어떤 행위든, 좋은 행위든 나쁜 행위든, 우리는 그 결과를 다 받을 것입니다.

'다섯 가지 기억하기' 수행은 나이 듦, 질병, 죽음처럼 우리의 가장 깊은 두려움을 현실로, 우리가 피할 수 없는 사실로 받아들일 수 있도록 도와줍니다. 이런 진리를 받아들이도록 수행하면 평화를 이룰 수 있고 좀 더 의식적이고 건강하고 자비로운 삶을 살 수 있습니다. 그때 우리는 더 이상 자신이나 남에게 고통을 주지 않게 됩니다.

의식 속으로 자신의 두려움을 초대하여 웃음을 보내십시오. 두려움 속에 있더라도 웃을 때마다 두려움은 조금씩 힘을 잃게 됩니다. 고통에서 달아나려고 하면 탈출구는 없습니다. 오직 두려움의 본성을 깊이 보는 일을 통해서만 해결할 수 있습니다.

'다섯 가지 기억하기'를 명상하며 우리는 내면에 있는 두려움의 씨앗을 알아차림으로 감싸 안습니다. 두려움의 씨앗은 거기 우리 안에 있고 이런 사실이 나타날 때마다 우리는 마음이 편치 않습니다. 사자를 본 타조처럼 우리는 모래 속에 얼굴을 처박습니다. 텔레비전이나 컴퓨터 게임, 술, 마약 등을 통해 우리는 나이 듦, 질병, 죽음의 현실과 소중히 여기는 것들이 무상하다는 사실을 무시하려 애를 써봅니다.

만약 우리가 두려움에 압도된다면 고통과, 내면에 있는 두려움의 씨앗은 더욱 강하게 커질 것입니다. 하지만 마음이 깨어 있을 때는 알아차림의 에너지를 사용하여 두려움을 받아들일 수 있습니다. 알아차림으로 두려움을 감싸 안을 때마다 두려움의 에너지는 줄어들고 머잖아 의식 깊은 곳으로 씨앗의 형태로 돌아갑니다.

의식의 저 밑바닥에는 '저장식store consciousness'이 있고, 그 상부에는 '마음식mind consciousness'[+] 이 있습니다. 나이 듦과 질병에 대한 두려움, 죽음과 내려놓아야 하는 것에 대한 두려움, 업의 과보에 대한 두려움은 모두 저장식 속에 들어 있습니다. 우리는 그 두려움을

[+] 유식사상에서는 오감이 전오식을 이룬다. 즉 안식眼識, 이식耳識, 비식鼻識, 설식舌識, 신식身識의 전오식이 있다. 육식六識이 의식 또는 심식心識인데 이 책에서는 '마음식'이라고 번역했다. 칠식은 말나식manas consciousness인데 여기서는 '생각식'이라고 번역했다. 팔식은 아뢰야식alaya consciousness인데 여기서는 '저장식'이라고 번역했다. (옮긴이)

마주하고 싶지 않아 은폐하거나, 거기 창고에 그냥 내버려둡니다. 누군가 또는 어떤 것이 그 두려움을 상기시키면 불쾌감을 느낍니다. 우리는 그것이 마음식에 나타나는 것을 원치 않기 때문입니다.

알아차림은 이런 성향의 반대편에 있습니다. 우리는 이런 것들을 마음식 안으로 매일 초대하여 말해야만 합니다.

"애야, 나는 네가 두렵지 않아. 나의 두려움이 무섭지 않아. 늙는 것은 나의 본성이야. 나는 나이 드는 것을 피할 수 없어."

두려움이 나타나면 알아차림의 씨앗 역시 나타나 두려움을 감싸 안아주어야 합니다. 이제 우리에게 두 가지 에너지가 있습니다. 하나는 두려움의 에너지이고, 또 하나는 알아차림의 에너지입니다. 알아차림의 에너지 속에서 목욕을 한 두려움은 힘이 조금 약해지고, 이윽고 다시 의식의 심층으로 씨앗이 되어 내려갑니다.

두려움이 잠시 물러갔다고 해서 완전히 해결한 것은 아닙니다. 그러므로 평화로운 순간을 즐길 때나 명상을 할 때 두려움을 다시 불러냅니다.

"두려움아, 여기로 올라오렴. 내가 너를 잠시 안아줄게. 죽는 것은 나의 본성이야. 나는 죽음을 피할 수가 없어."

우리는 두려움과 필요한 만큼의 시간을 5분, 10분, 20분 정도,

또는 30분까지 함께하며 알아차림의 에너지로 두려움을 감싸
안아야 합니다. 그렇게 매일 안아주면 두려움은 그 힘을 잃을 것
입니다.

가고 옴이 없이

우리의 가장 큰 두려움은 우리가 죽어서 '무無'가 된다는 것입니다. 대체로 우리 존재는 특정 기간, 즉 '수명' 안에 한정되어 있습니다. 존재는 우리가 태어나는 순간, '무'에서 '유'가 되는 순간 시작되고, 죽어서 다시 '무'가 되면 끝난다고 생각합니다. 그래서 우리에겐 '소멸'의 두려움이 가득합니다.

하지만 깊이보기를 수행하면 존재에 대해 매우 다른 이해가 가능합니다. 우리는 태어남과 죽음이 실재하는 것이 아니라 단지 개념에 불과함을 이해합니다. 부처님은 생도 없고 사도 없다고 하셨습니다. 생사에 대한 이런 관념은 강력한 미혹을 만들고 그래서 우리에게 큰 고통을 안겨줍니다. 우리가 파괴되지 않는다는 것을 이해하게 되면 두려움에서 놓여날 수 있습니다. 크게 안도

하지요. 삶을 즐기고 새로운 방식으로 감사하며 살아갑니다.

어머니를 잃었을 때 나는 큰 고통을 받았습니다. 어머니가 돌아가신 날, 일기장에 이렇게 썼습니다. '내 삶에서 가장 큰 불행이 닥쳤다.' 이후 1년여를 어머니를 애도하며 보냈습니다. 어느 날 밤 절 뒤편에 있는 암자에서 잠을 자고 있었습니다. 그 암자는 베트남의 고원지대에 있는, 차나무가 무성한 산 중턱에 있었습니다. 꿈속에서 어머니를 만났습니다. 꿈에서 어머니와 나는 함께 앉아 이야기를 즐겁게 나누고 있었습니다. 찰랑대는 머리가 어깨까지 내려오는 어머니는 젊고 아름다운 모습이었습니다. 마치 어머니가 돌아가시지 않은 것처럼, 그렇게 앉아서 이야기하는 것은 몹시 즐거웠습니다.

그러다 꿈에서 깨었을 때 어머니를 잃은 적이 없다는 느낌이 강하게 들었습니다. 어머니가 여전히 나와 함께하신다는 느낌은 매우 분명했습니다. 그때서야 어머니를 잃었다는 생각은 그저 생각일 뿐임을 이해했습니다. 그 순간 어머니는 분명 내 안에 살아 계셨으며 앞으로도 늘 그러실 것을 확실히 알 수 있었습니다.

나는 문을 열고 밖으로 나갔습니다. 산 전체가 달빛에 잠겨 있었습니다. 은은한 달빛 속에서 차나무들 사이로 천천히 걸었습니다. 어머니가 여전히 나와 함께하신다는 것을 진심으로 관찰했습니다. 어머니는 나를 쓰다듬어주는 달빛이었습니다. 어머니는 자주 부드럽고 달콤하게 나를 쓰다듬어주셨지요. 발이 땅에 닿을 때마다 어머니가 거기 나와 함께하심을 알았습니다. 나는 이 몸이 내 것만이 아니라 어머니와 아버지의 살아 있는 연속이고, 할아버지, 할머니 이전의 모든 조상님들의 연속임을 알았습니다. 내가 '나의 발'이라고 보고 있는 이 발은 실은 '우리의 발'이었습니다. 그렇게 어머니와 나는 함께 촉촉한 땅에 발자국을 남기고 있었습니다.

그 순간부터 어머니를 잃었다는 생각은 더 이상 존재하지 않았습니다. 단지 내 손바닥을 보거나 얼굴을 스쳐가는 바람을 느끼거나 발밑의 땅을 느낄 때마다 어머니가 언제나 나와 함께하시며 언제라도 나를 위해 거기 계셔주신다는 것을 알 수 있었습니다.

사랑하는 사람을 잃었을 때 우리는 고통스럽습니다. 하지만 깊이 볼 줄 안다면 그 사람의 본성이 진실로 태어남도 없고 죽음도 없음을 깨달을 수 있습니다. 단지 어떤 모습으로 형태화되었다가, 또 다른 새로운 형태화를 위해 기존의 모습이 멸하는 것뿐입니다. 어떤 사람이 새롭게 형태화되어 나타난 것을 알아보기 위해서는 우리가 깨어 있어야 합니다. 수행과 정진을 한다면 그리할 수 있습니다. 주변 세상을 주의 깊게 보십시오. 나뭇잎과 꽃, 새와 비 등을 말입니다. 온전히 멈추고 깊이 볼 수 있다면 사랑하는 사람들이 많은 모습으로 형태화되고 또 형태화되는 것을 알 수 있을 것입니다. 그때 우리는 두려움과 아픔을 내보내고 다시 한 번 삶의 기쁨을 만끽할 수 있습니다.

'지금 이 순간' 속에는 두려움이 없다

지금 이 순간을 온전히 살지 못한다면 우리는 실로 산다고 할 수 없습니다. 그 순간 우리는 사랑하는 사람에게나 또는 우리 자신에게나 거기 있다고 할 수 없습니다. 만약 우리가 거기 없다면 그렇다면 우리는 어디에 있는 걸까요? 우리는 계속해서 달리고, 달리고 또 달리고 있습니다. 심지어 잠자는 동안에도 달아나고 있습니다. 두려움의 손아귀에 잡히지 않으려고 그렇게 달아나는 것입니다.

어제 일어난 일을 걱정하며 그리고 내일 일어날 일을 근심하며 시간과 에너지를 사용한다면 즐겁게 살 수가 없습니다. 만약 항상 두렵다면 우리가 지금 이 순간 살아 있다는 경이로움과 지금 이 순간 행복할 수 있다는 사실을 놓치고 있는 겁니다. 나날을 살아가면서 우리는 흔히 행복이 미래에 있다고 믿습니다. 우리가 행복하기 위해 필요하긴 하지만 지금은 가지지 않은 '완벽한' 조건들을 항상 찾아다니고 있습니다. 그래서 지금 이 순간 우리 앞에 벌어진 일들을 제쳐두고, 우리를 좀 더 안전하고 굳건하게 해줄 무언가를 찾아다닙니다. 하지만 미래가 무엇을 가지고 올지 항상 두렵습니다. 직업을 잃을까봐, 재산을 잃고 사랑하는 사람들을 잃을까봐 겁이 납니다. 그래서 우리는 미래 어딘가에 있을 마법의 순간을 기다립니다. 우리가 원하는 모든 조건이 갖추어질 그 순간을 희망을 가지고 기다립니다. 그러면서 삶은 오직 지금 이 순간 속에 있다는 사실을 잊어버립니다. 부처님은 말씀하셨습니다.

"지금 이 순간 속에서 행복하게 살 수 있다. 삶이 존재하는 오직 한 순간은 지금 이 순간뿐이다."

성경에 보면 자신이 가진 땅에 묻혀 있던 보물을 발견한 농부의 이야기가 나옵니다. 집으로 돌아갈 때 그는 모든 땅과 모든 소유물을 다 포기했습니다. 오직 보물이 들어 있는 그 땅 조각만을 가졌습니다. 그 보물은 '하느님의 왕국'입니다. 우리는 하느님의 왕국을 지금 이 순간 속에서 찾아야 하는 것을 압니다. 존재하는 것은 오직 지금 이 순간밖에 없으니까요. 과거는 지나갔고 미래는 아직 오지 않았습니다. 그러므로 우리가 하느님의 왕국이나 부처님의 정토[+]를 찾아야 할 곳, 우리의 행복과 평화와 충족감을 찾아야 할 곳은 지금 이 순간이어야만 합니다. 너무도 단순하고 명료하지 않습니까. 그런데 우리는 과거로 슬그머니 돌아가거나 미래를 향해 질주하는 습성이 있습니다. 그런 습관이 있음을 자각하고 어떻게 하면 그런 습관을 버리고 지금 이 순간 속에서 굳건히 존재할 수 있을지 알아야만 합니다.

부처님께서 사업가들이 많이 모인 자리에서 가르침을 펴실 때의 요점은 '바로 지금 이 순간 속에서 행복하게 살 수 있다'는 것이었습니다. 부처님은 사업가들이 미래의 성공에 대해 많은 염려를 하여 지금 이 순간을 즐길 만한 여력이 없다는 사실을 알아보셨습니다. 사업가들은 자신이나 가족들에게 줄 시간이 없었고, 주변 사람들을 사랑하고 행복하게 해줄 시간도 없었습니다. 그들은 쉼 없이 미래로 빨려 들어가고 있었습니다.

서쪽에 있는 극락정토는 지금 이 순간 속에 있습니다. 정토는 지금이 아니면 없습니다. 하느님의 왕국 역시 마찬가지로 지금이 아니면 절대 없습니다. 하느님의 왕국은 멋진 아이디어가 아니라 현실입니다. 알아차림 속에서 숨을 쉬고 걸을 때 우리는 바로 '지금 이 순간'이라는 집으로 돌아가서 우리

[+] '정토淨土, Pure Land'는 번뇌와 고통이 없는 청정하고 이상적인 세계를 뜻한다. 틱낫한 스님은 알아차림을 통한 '현재 이 순간의 정토'를 강조했다. (옮긴이)

안과 주변에 있는 삶의 경이와 하느님의 왕국에 있는 모든 것들과 만날 수 있습니다. 하느님의 왕국을 발견한 사람은 더 이상 명성과 부, 감각적 즐거움을 좇아 달리지 않습니다.

'지금 이 순간'이라는 집으로 돌아갈 때 우리는 거기에 행복의 조건들이 아주 많고 그래서 다른 조건을 찾아 질주할 필요가 없음을 알게 됩니다. 우리는 이미 행복할 수 있는 조건을 충분히 갖추었습니다. 행복은 지금 여기에서 전적으로 가능합니다.

지금 이 순간 속에서 행복하게 살라는 부처님의 가르침은 매우 유쾌한 것입니다. 우리는 지금 당장 행복할 수 있습니다. 또 이 수행은 매우 유쾌합니다. 산을 함께 오를 때 우리는 특별히 노력하지 않아도 됩니다. 그저 한 걸음 한 걸음 즐기면 됩니다. 그렇게 걸으면서 과거도 미래도 놓아버리고 나면, 한 걸음 걸을 때마다 하느님의 왕국과 부처님의 정토를 만날 수 있습니다.

우리의 진정한 집
'지금 이 순간'

나는 도착했네, 집에 있다네.
여기 지금 이 순간 속에서

우리가 지금 여기로 돌아올 때 행복의 많은 조건들이 이미 거기 있음을 자각합니다. 알아차림 수행은 지금 여기로 돌아와서 우리 자신과 삶을 깊이 접하게 합니다. 그리하려면 수행이 필요합니다. 아무리 머리가 좋아서 이 말의 원리를 금방 이해하는 사람이라 해도 이렇게 살아가기 위해서는 수행을 해야 합니다. 이미 여기에 존재하는 많은 행복의 조건을 자각하기 위해서는 우리에게 수행이 필요합니다.

숨을 들이쉬고 내쉬며 위의 시를 염송하십시오. 회사로 출근할 때 차 안에서도 이 시를 수행할 수 있습니다. 아직 사무실에 도착하지 않고 운전을 하는 중이라도 실은 우리의 진정한 집인 '지금 이 순간'에는 이미 도착해 있는 겁니다. 사무실에 도착하면 그곳 역시 우리의 진정한 집입니다. 사무실에서도 우리는 '지금 여기'에 있을 수 있으니까요. 그저 이 시의 첫째 줄인 '나는 도착했네, 집에 있다네'만 수행해도 매우 행복해집니다. 앉아 있든 걷고 있든 채소밭에 물을 주고 있든 아이에게 음식을 주고 있든 '나는 도착했네, 집에 있다네'를 수행할 수 있습니다. 이렇게 생각해보십시오. '나는 평생을 달아났다. 이젠 더 이상 달아나지

않으리라. 이제 그만 달아나는 일을 멈추고 참으로 나의 삶을 살 겠다고 굳게 다짐한다.'

숨을 들이쉬면서 '나는 도착했네'를 말하고 실제로 도착한다면 그것이 성공입니다. 온전히 거기 있는 것, 1백 퍼센트 살아 있는 것이 진정한 성취고 업적입니다. 지금 이 순간이 우리에게 참된 집이 된 것입니다. 숨을 내쉬며 '나는 집에 있다네'를 말하고 정말 집에 있는 듯이 편안하다면 우리는 더 이상 두려울 이유가 없습니다. 더 이상 달아날 이유도 없습니다.

'나는 도착했네, 집에 있다네'라는 만트라(진언)가 사실로 느껴질 때까지 반복하십시오. 숨을 들이쉬고 내쉬며 걸음을 걸을 때 지금 여기에 굳건히 자리 잡을 때까지 계속하십시오. 말이 장애가 되어선 안 됩니다. 말은 단지 마음이 하나가 되도록 돕고 통찰의 지혜가 살아나게 하기 위해 있는 것입니다. 우리를 집에 머물도록 하는 것은 말이 아니라 통찰지입니다.

실제의
두 가지 차원

집에 도착하는 데 성공했다면, 지금 여기에 진정 머물고 있다면, 우리는 이미 행복의 토대가 되는 굳건함과 자유를 지니고 있는 것입니다. 그때 우리는 실제實際의 두 가지 차원을, 즉 역사적 차원과 궁극적 차원을 이해합니다.

실제의 두 가지를 설명하기 위해 파도와 물의 비유를 사용해 보겠습니다. 파도의 차원, 즉 역사적 차원에서 보면 파도에 시작과 끝이 있는 것처럼 보입니다. 파도는 다른 파도에 비해 높기도 하고 낮기도 합니다. 다른 파도에 비해 더 아름답기도 합니다. 파도는 거기 있거나 또는 없습니다. 지금은 거기 있지만 나중에는 없을 수도 있습니다. 처음 역사적 차원을 접하면 이 모든 개념들이 다 있습니다. 삶과 죽음, 있음과 없음, 높고 낮음, 가고 옴 등이 있습니다. 하지만 파도를 좀 더 깊이 접해보면 물을 만나게 됩니다. 물은 파도의 다른 차원입니다. 그것이 바로 궁극적 차원입니다.

역사적 차원에서 우리는 생사, 유무, 고저, 거래去來(오고 감) 등의 용어를 사용하지만 궁극적인 차원에서는 이 모든 개념들이 제거됩니다. 파도가 자신의 내면에 있는 물을 접할 수 있다면, 또한 동시에 파도가 물의 삶을 살 수 있다면 그 파도는 위에서 말한 시작과 끝, 생과 사, 있음과 없음 등의 개념이 두렵지 않을 것입니다. 그렇게 두려움이 없을 때 굳건함과 기쁨이 옵니다. 그 파도의 참성품은 생도 없고 사도 없으며, 시작도 없고 끝도 없는 것입니다. 그것이 바로 물의 성품입니다.

우리 모두는 파도와 같습니다. 우리에겐 역사적 차원이 있습니다. 우리는 시간의 어떤 지점에선 존재의 '시작'을 말하고 또 시간의 다른 지점에선 '존재의 끝'을 말합니다. 지금은 존재하지만 태어나기 전에는 존재하지 않았다고 믿습니다. 이런 개념에 사로잡혀 있기 때문에 두려움이 있고, 질투가 나고, 갈애가 일어나며, 마음속에 온갖 갈등과 번뇌가 있는 것입니다. 이제 우리가 '지금 여기'에 도착할 수 있다면, 좀 더 굳건하고 자유로울 수 있다면, 우리의 참성품을 만나고 궁극적 차원을 접하는 것도 가능할 것입니다. 궁극적 차원을 접하면 지금까지 고통을 주었던 모든 개념들을 떨쳐버리고 자유로워질 수 있습니다.

두려움이 그 힘을 다소 잃으면 우리는 궁극적 차원의 시각으로 우리의 근원을 볼 수 있습니다. 우리는 태어남과 죽음, 늙음을 역사적 차원에서 보지만 궁극적 차원에서 생사는 만물의 참성품이 아닙니다. 만물의 참성품은 생사에서 자유롭습니다. 첫 번째 단계는 역사적 차원에서의 수행이고, 두 번째 단계는 궁극적 차원에서의 수행입니다. 첫 번째 단계에서 우리는 생과 사가 일어난다고 받아들이지만, 두 번째 단계에서는 궁극적 차원과 접하고 있기 때문에 생사가 우리의 개념적 사고에서 온 것이지

참실제에서 온 것이 아님을 알게 됩니다. 궁극적 차원과 계속 접촉을 유지함으로써 우리는 태어남도 죽음도 없는 만물의 실제와 접하게 됩니다.

궁극적 차원에서의 수행이 성공하려면 먼저 역사적 차원에서의 수행을 중요하게 여겨야 합니다. 궁극적 차원에서의 수행이란 파도가 참성품인 물과 접하고 있는 것처럼 생도 없고 사도 없는 성품과 접하는 것을 말합니다. 우리는 형이상학적 질문을 던질 수 있습니다. '파도는 어디에서 왔다 어디로 가는가?' 답도 같은 방식으로 할 수 있습니다. '파도는 물에서 왔다가 물로 돌아간다.' 실제에서는 가고 옴이 없습니다. 파도는 물에서 온 것이 아니고 어딘가로 가는 것도 아닙니다. 파도는 언제나 물입니다. 가고 옴이라는 것은 그저 정신적 구성물일 뿐입니다. 파도는 물을 떠난 적이 없습니다. 그러므로 파도가 물에서 '왔다'고 말하는 것은 맞지 않습니다. 파도는 항상 물이기 때문에 물로 '돌아갔다'고 할 수도 없습니다. 지금 이 순간 파도가 파도일 때 그것은 이미 물입니다. 태어남과 죽음, 가고 옴은 그저 개념에 불과합니다. 가고 옴이 없는 참성품과 접할 때 우리에겐 두려움이 없습니다.

구름은 '무'가 될 수 없습니다. 구름은 비가 되고 눈이 되고 우박이 될 수는 있습니다. 하지만 구름이 아무것도 아닌 '무'가 되는 것은 불가능합니다. 그러므로 소멸한다는 관점은 '잘못된 견해' 즉 '사견邪見'입니다. 만약 과학자가 이 몸이 소멸된 뒤 자신이 더 이상 거기 없다고 생각한다면, 자신이 '무'가 되고 존재에서 비존재로 변했다고 생각한다면, 그는 괜찮은 과학자가 아닙니다. 그런 관점은 과학적 증거에 반하는 것이니까요.

생과 사는 함께하는 한 쌍의 개념입니다. 가고 옴, 영원과 소멸, 자아와 타자가 그렇듯이 말이지요. 하늘에 나타나는 구름 한 조각은 새롭게 형태화되어 출현한 겁니다. 구름의 형태를 갖추기 전에 구름은 바다에서 태양열을 받아 생성된 수증기였습니다. 아마도 우리는 수증기를 구름의 전생이라 부를 수 있겠지요. 그러므로 구름으로 존재하는 것 역시 그저 존재의 연속입니다. 구름은 '무'에서 오지 않았습니다. 구름은 언제나 무언가로부터 옵니다. 그러므로 태어남은 없습니다. 오직 연속이 있을 뿐입니다. 그것이 바로 만물의 성품입니다. 태어남도 죽음도 없는 '무생무사無生無死'입니다.

18세기 프랑스 과학자 라부아지에는 "없어지는 것도 없고 생겨나는 것도 없다"고 했습니다. 부처님께서 태어나는 것도 없고 죽는 것도 없다고 말씀하신 것을 라부아지에도 동일하게 발견한 것입니다. 우리의 참성품은 '무생무사'입니다. 이런 참성품을 접할 때만이 소멸의 두려움, 존재가 사라진다는 두려움을 뛰어넘을 수 있습니다.

조건이 충분히 갖추어지면 사물은 형태화하고 그때 그것이 존재한다고 말합니다. 그것을 이루는 조건 중 한두 개가 사라지면 사물은 이전과 동일한 형태를 이루지 못하고 그때 우리는 그것이 존재하지 않는다고 말합니다. 그러므로 어떤 사물이 '존재한다' 또는 '존재하지 않는다'고 한정하는 것은 옳지 않습니다. 실은 이 우주에는 '완전히 존재하는 것'도 '완전히 존재하지 않는 것'도 없습니다.

가지도 않고
오지도 않는다

사람들 대부분은 태어남과 죽음, 가고 옴에 많은 아픔을 겪습니다. 사랑하는 사람이 어딘가에서 왔다가 어딘가로 가버렸다고 생각하기 때문입니다. 하지만 우리의 참성품은 가고 옴이 없습니다. 우리는 그 어디에서도 오지 않았고 그 어디로도 가지 않습니다. 조건이 충분히 갖추어지면 우리는 특정한 방식으로 형태화합니다. 조건이 더 이상 충분치 않으면 더 이상 그런 방식으로 형태화하지 않습니다. 그렇다고 해서 우리가 존재하지 않는 것은 아닙니다. 만약 죽음이 두렵다면 그것은 만물이 실제로 죽지 않는다는 것을 이해하지 못하기 때문입니다.

사람들은 원하지 않는 것을 없앨 수 있다고 믿는 습성이 있습니다. 그래서 마을 전체를 불태워버리기도 하고, 사람을 죽이기도 합니다. 하지만 누군가를 파괴한다고 해서 그 사람을 '무'로 환원시킨 것은 아닙니다. 사람들은 마하트마 간디를 죽이고 마틴 루서 킹을 암살했습니다. 하지만 이 두 사람은 지금도 우리와 함께 있습니다. 그들은 여러 가지 형태로 계속 존재합니다. 그들의 정신은 계속됩니다. 그러므로 우리가 자아를 깊이 볼 때, 즉 우리 몸과 감정과 인식을 깊이 볼 때, 또는 산이나 강, 타인을 볼 때 그들 안에서 '무생무사'의 성품을 보고 접할 수 있어야만 합니다. 이것은 불교 전통에서 가장 중요한 수행 중 하나입니다.

불교의 지혜로 보면 '불멸' 또는 '영속성'의 관점은 잘못된 견해입니다. 만물은 다 무상無常하고 다 변화합니다. 그 무엇도 이

전과 영원히 동일할 수는 없습니다. 그러므로 영속성은 만물의 참성품이 될 수 없습니다. 하지만 우리가 죽고 나면 아무것도 남지 않는다는 것 역시 잘못된 견해입니다. 불멸과 소멸 역시 쌍을 이루는 이원적 개념입니다. 불멸이 사견인 것은 아직까지 그런 것을 보지 못했기 때문입니다. 우리가 관찰한 모든 것은 다 무상했고 늘 변하고 있었습니다. 하지만 소멸 역시 잘못된 견해입니다.

예를 들어 구름의 죽음을 이야기해봅시다. 하늘을 보니 우리가 사랑하던 구름이 이젠 거기 없습니다. 우리는 외칩니다.

"사랑하는 구름아, 이제 네가 거기 없구나. 난 너 없이 어떻게 살아가야 할까?"

그리고 웁니다. 우리는 구름이 '존재'에서 '비존재'로, '유'에서 '무'로 사라졌다고 생각합니다. 하지만 실은 구름은 죽을 수가 없습니다. 죽는다는 것은 무언가로 있다가 갑자기 '무'가 되는 것을 의미합니다. 하지만 그렇지 않다는 것을 이미 알고 있습니다. 그래서 누군가의 생일을 축하할 때, '생일 축하합니다'라고 하기보다 '연속 축하합니다'라고 노래하는 것이 더 좋습니다. 우리의 탄생은 우리의 시작이 아니라 단지 연속일 뿐입니다. 우리는 이전에도 이미 여기에 있었습니다. 다른 형태로 말이지요.

지금 읽고 있는 책의 종이를 보십시오. 종이가 이런 형태로 나타나기 전에 그것은 다른 어떤 것이었습니다. 그것은 '무'에서 온 것이 아닙니다. '무'에서 갑자기 '유'가 될 수는 없기 때문입니다. 한 장의 종이를 깊이 보면 거기서 나무를 보고, 또 나무에게 자양분을 공급한 흙, 해와 비, 구름을 보고, 더하여 벌목꾼과 종이공장을 볼 수 있습니다. 즉 종이의 전생을 볼 수 있는 겁니다. 종이 한 장은 그렇게 왔습니다. 종이 한 장의 형태를 가진 것은 단지 새로운 형태화를 취한 겁니다. 그것을 태어났다고 할 수는 없습니다. 그러므로 종이 한 장의 성품은 '무생무사'입니다.

종이 한 장이 죽는 것은 불가능합니다. 종이 한 장을 태우면 연기, 증기, 재, 열로 변하는 것을 볼 수 있습니다. 그 종이는 다른 형태로 연속하는 것입니다. 그러므로 어떤 것이 붕괴되었을 때 남은 것이 아무것도 없다고 말하는 것은 '소멸의 견해'입니다.

가까운 사람을 잃고 애도할 때 우리는 다시 보아야 합니다. 그 사람은 어떤 방식으로든 연속하고 있습니다. 그리고 우리는 그 사람이 좀 더 아름답게 연속할 수 있도록 도울 수 있습니다. 그 사람은 여전히 우리 안에서 그리고 우리 주변에서 살아 있습니다. 그렇게 볼 때 우리는 다른 형태를 가진 그 사람을 알아볼 수 있습니다. 마치 한 잔의 차 속에서 구름을 알아볼 수 있는 이치와 같습니다. 알아차림을 수행하고 마음을 집중하면서 한 잔의 차를 마실 때 우리가 마시는 차 속에 구름이 있음을 이해합니다.

우리는 사랑하는 대상을 잃은 적이 없습니다. 단지 그 모습이 바뀌었을 뿐입니다.

이것이 바로 애도를 극복하기 위해 필요한 지혜와 통찰입니다. 우리는 그 사람을 영원히 잃었다고 생각했지만, 그는 죽지도 사라지지도 않았습니다. 그는 다른 모습으로 연속하고 있습니다. 이런 연속을 알아보기 위해서 '깊이보기'를 수행해야 합니다.

"사랑하는 이여! 나는 당신이 어떤 형태로든 거기 있는 것을 알아요. 이것은 내게 지극한 현실입니다. 나는 당신을 대신해 숨을 쉬고 당신을 대신해 주변을 보고 있어요. 나는 당신을 대신해 삶을 즐깁니다. 그리고 당신이 여전히 내 곁에 가까이 있음을 알고 당신이 내 안에 있음도 압니다."

우리는 고통과 두려움을 통찰의 지혜로 변화시킵니다. 그러면 기분이 매우 좋아집니다.

생사를 극복하면 두려움의 지배에서 벗어나게 됩니다. '존재(유)'라는 개념과 '비존재(무)'라는 개념은 엄청난 두려움을 일으킵니다. 하늘에서 구름이 사라지면 그것은 존재에서 비존재로 옮겨가는 게 아니라 늘 연속하는 것입니다. 구름의 참성품은 '무생무사'입니다. 우리가 사랑하는 사람의 참성품 역시 그와 같고, 우리 또한 '무생무사'입니다.

우주비행사 두 명이 달에 갔다고 상상해봅시다. 그들이 달에 있는 동안 우주선에 이상이 생겨 지구로 돌아올 수 없게 되었습니다. 이들에게는 단 이틀 동안의 산소가 있을 뿐입니다. 그 시간 내로는 지구에서 이들을 구하러 올 가망도 없습니다. 이들은 단 이틀만의 삶을 남겨둔 것입니다.

그 순간 만약 그들에게 "가장 큰 소원이 무엇입니까?"라고 묻는다면 아마도 "집으로 돌아가 아름다운 흙을 밟고 다시 한 번 걷는 것"이라고 답할 것입니다. 그거면 충분합니다. 두 사람은 그밖에 어떤 것도 원치 않을 겁니다. 그들은 큰 회사 사장이 되거나, 유명인이 되거나 미국 대통령이 되는 것도 바라지 않을 겁니다. 그들은 오직 지구로 돌아오는 것만을, 한 걸음 한 걸음 자연의 소리를 들으며 사랑하는 사람의 손을 잡고 달빛을 음미하며 걸을 수 있기를 바랄 것입니다.

우리는 매일매일 이렇게 달에서 죽을 뻔하다가 방금 구조된 사람처럼 살아야 합니다. 우리는 지금 지구에 있으니 이 소중하고 아름다운 별에서의 산책을 즐겨야만 합니다. 임제 선사는 말했습니다.

"기적은 물 위나 불 위를 걷는 것이 아니다. 기적은 이 땅을 밟고 걷는 것이다."

내겐 이 가르침이 참 소중합니다. 나는 걷기를 좋아합니다. 심지어 공항이나 기차역처럼 혼잡한 곳에서도 걷기를 즐깁니다. 그렇게 발자국마다 어머니 같은 대지를 어루만지며 걸을 때 우리는 다른 사람들도 그렇게 하도록 영감을 줄 수 있습니다. 우리는 삶의 순간순간을 즐길 수 있습니다.

우리는 나날의 삶을 사는 동안 두려움 때문에 정신이 없습니다. 몸은 여기 있지만 마음은 사방을 돌아다니고 있습니다. 때로는 책에 몰입합니다. 책은 우리를 몸과 지금의 현실에서 아주 먼 곳으로 데려다줍니다. 그러나 책에서 고개를 드는 순간, 또 두려움과 걱정에 휩쓸립니다. 내면의 평화, 우리의 맑은 마음, 불성으로 돌아가는 일은 드뭅니다. 그리하면 어머니와 같은 대지를 만날 수 있는데도 말입니다.

많은 사람들이 자신의 몸을 잊고 삽니다. 그저 상상의 세계 속에서 살아갑니다. 수많은 계획과 두려움, 수많은 불안과 꿈이 있는 이들은 자신의 몸 안에서 살지 않습니다. 두려움에 사로잡혀 두려움을 벗어날 계획을 세우는 동안 우리는 어머니와 같은 대지가 우리에게 주는 아름다움을 보지 못합니다. 알아차림은 우리에게 들숨으로 돌아가라고 그리고 그 들숨과 완전히 함께하라고, 그리고 날숨과도 함께하라고 알려줍니다. 마음을 다시 몸으로 가져오세요. 그리고 지금 이 순간에 머무시기 바랍니다. 우리 바로 앞에 있는 것을, 지금 이 순간 멋진 것들을 깊이 보세요. 어머니와 같은 대지는 너무도 큰 힘을 가졌고 너무도 너그럽게 우리를 받쳐주고 있습니다. 우리 몸도 너무 멋집니다. 수행을 마치고 대지처럼 굳건해지면 우리가 처한 어려움을 직시하게 되고 그때, 어려움이 작아지기 시작합니다.

지금 이 순간 속에서 호흡하기

약간의 시간을 내어 알아차림 속에서 호흡하는 간단한 수행을 해봅시다.

"숨을 들이쉬며, 나는 내가 숨을 들이쉰다는 것을 안다. 숨을 내쉬며, 나는 내가 숨을 내쉰다는 것을 안다."

약간만 집중해서 이 수행을 해보면 정말로 거기 있을 수 있게 됩니다. 알아차림 호흡수행을 시작하는 순간 우리 몸과 마음은 다시 하나가 되기 시작합니다. 이런 기적을 이룩하는 데는, 즉 지금 이 순간 몸과 마음이 하나가 되는 데는 단 10~20초면 충분합니다. 누구나 할 수 있습니다. 어린아이도 할 수 있습니다.

부처님께서 말씀하셨습니다.

"과거는 더 이상 여기 없고, 미래는 아직 오지 않았다. 삶이 존재하는 오직 한순간은 지금 이 순간뿐이다."

알아차림 호흡과 함께 명상을 하면 몸과 마음이 지금 이 순간으로 돌아옵니다. 그리하면 우리가 삶과 했던 약속을 지킬 수 있게 됩니다.

두려움 없애주기

만일 사랑하는 사람이 죽음을 앞두고 있고 그 사람이 두려움에
몹시 떨고 있다면, 우리는 그 사람을 돕고 싶을 것입니다. 그러
려면 우선 우리 내면을 닦아 두려움이 없어야 합니다. 두려움 없
는 마음은 참행복의 토대입니다. 우리가 다른 사람의 두려움을
없애줄 수 있다면 최상의 선물을 주는 것입니다. 힘이 들 때 그
사람과 함께 굳건히 앉아 명상할 수 있다면, 우리는 그 사람이
두려움 없이 평화롭게 죽음을 맞이하도록 도울 수도 있습니다.
'두려움 없는 마음' 또는 '무외無畏'는 부처님의 가르침 중에서도
최고라 할 수 있습니다.

명상수행을 하면 알아차림과 삼매의 에너지를 생성할 수 있습
니다. 이 에너지가 그 무엇도 태어나거나 죽지 않는다는 통찰의

지혜로 우리를 이끌어줄 것입니다. 우리는 진실로 죽음에 대한 공포를 없앨 수 있습니다. 우리가 파괴될 수 없다는 것을 이해할 때 두려움에서 놓여날 수 있습니다. 얼마나 편안한지 모릅니다. 두려움 없는 마음은 궁극의 기쁨입니다.

두려움이 있다면 완벽하게 행복할 수 없습니다. 욕망하는 것을 좇아 아직도 질주하고 있다면 우리에겐 여전히 두려움이 있는 겁니다. 두려움은 갈애와 함께합니다. 우리는 안전하고 행복하기를 원합니다. 그래서 우리에게 행복을 보장하리라 생각되는 특정의 사람이나 물건 또는 관념(부, 명성 등)을 갈망하기 시작합니다. 이런 갈애는 절대로 완전히 만족할 수가 없습니다. 그래서 우리는 계속 달리며 계속 두려워합니다. 갈망하는 대상이 사람이든 물건이든 관념이든 그것을 좇아 달리는 일을 멈추면 두려움이 일소됩니다. 두려움이 없으므로 우리는 평화로워집니다. 몸과 마음에 평화가 찾아오면 걱정이 사라지고, 심지어 사고事故도 거의 나지 않습니다. 우리는 자유롭습니다.

두려움 없는 마음과 집착 없는 마음을 삶에서 실현한다면, 이는 돈이나 물질적인 부보다 훨씬 더 귀한 일입니다. 두려움은 우리 삶을 망치고 비참하게 만듭니다. 물에 빠진 사람이 무엇이든 잡고 매달리듯 우리는 사물과 사람에게 매달립니다. 무집착을 실천하고 이런 지혜를 나눈다면 우리는 두려움 없는 마음이라는 선물을 받게 될 것입니다. 만물은 늘 변하여 무상합니다. 이 순간은 지나갑니다. 우리가 갈망하는 대상도 지나갑니다. 하지만 행복은 항상 가능하다는 것을 알 수 있습니다.

중독성
물질

우리는 두려움과 화와 아픔을 원하지 않습니다. 그래서 그것들을 누르고 억압합니다. 억압하는 방법은 우리 삶을 현대문명의 모든 이기들, 즉 인터넷, 게임, 영화, 음악 들로 가득 채우는 것입니다. 이 모든 것들이 질병과 두려움을 키우는 독소들을 포함하고 있습니다.

한 시간 동안 텔레비전을 본다고 합시다. 얼마 안 되는 시간처럼 보이지만 그 안에는 많은 폭력과 두려움, 많은 독소가 있을 수 있다는 것을 압니다. 그리고 우리는 매일 자신을 중독시키는 일을 행합니다. 그로부터 약간의 안정을 얻었다고 생각하지만 그런 오락 프로그램을 즐기는 중에도 계속해서 우리 의식의 심층에 더 많은 아픔과 고통의 씨앗을 가져다 심습니다. 그렇게 마음속 깊은 곳에 아픔의 덩어리는 점점 커져만 갑니다. 우리는 매일 소비하는 것들에 중독됩니다. 또한 텔레비전을 아이돌보기 도우미로 사용하여 아이들이 매일 보고 듣는 것을 통해 중독되도록 만듭니다. 부처님께선 이런 것들을 '독'이라 부르셨습니다. 우리 내면 의식 심층에 이미 독이 있는데도 우리는 자신을 활짝 더 열고 더 많은 독소를 불러들이고 있습니다.

우리 환경 역시 독소로 심각하게 오염되었습니다. 명상을 수행한다는 것은 우리 몸뿐 아니라 이 세상에서 일어나고 있는 일을 다 알아차리는 것입니다. 우리는 자신과 자녀들에게 독을 먹이고 있습니다. 그것이 지금 이 순간 일어나고 있는 일입니다. 이를 알아차린다면 우리가 하루 종일 자신을 중독시키고 있다는 사실도 알아차리게 될 겁니다. 두려움을 부추기는 이런 중독성 물질의 소비를 멈출 방안을 마련해야 합니다.

상호유기적으로
존재한다

종이 한 장을 깊이 보면 그 안에 우주만물이 다 들어 있음을 알게 됩니다. 햇빛과 나무, 구름과 흙과 광물질을 포함한 모든 것이 있는데 단 한 가지만 없습니다. 거기에 빠진 유일한 것은 '독립된 자아'입니다. 한 장의 종이는 혼자서 존재할 수 없습니다. 우주만물과 상호유기적으로 존재해야 합니다. 그래서 '존재하다[be]'보다 '상호유기적으로 존재하다[inter-be]'가 더 적당한 말입니다. 실은 '존재한다'는 것은 '상호유기적으로 존재한다'는 것을 의미합니다. 한 장의 종이는 햇빛이 없이는 존재할 수 없고, 숲이 없이는 존재할 수 없습니다. 그 종이는 햇빛과 상호유기적으로 존재해야 하고, 숲과 상호유기적으로 존재해야 합니다.

세상이 어떻게 존재하게 되었느냐고 묻는다면 부처님은 매우 간단히 대답하셨을 겁니다.

"이것이 있음으로 저것이 있다. 이것이 있지 않음으로 저것이 있지 않다."

햇빛이 있기 때문에 종이가 있는 것입니다. 나무가 있기 때문에 종이가 있는 겁니다. 우리는 혼자서 존재할 수 없습니다. 우리는 우주만물과 상호유기적으로 존재해야 합니다. 그것이 상호유기적 존재의 성품입니다. '상호유기적으로 존재한다'는 단어가 아직은 사전에 없겠지만 머잖아 등재될 겁니다. 그리해야 만물의 참성품을 아는 데 도움이 되기 때문입니다.

독립된 자아라는 생각에 갇혀 있다면 두려움이 클 것입니다. 하지만 깊이 보고 '자신'을 모든 곳에서 볼 수 있을 때, 두려움이 사라집니다.

불교 수행승으로서 나는 매일 깊이보기를 수행합니다. 그저 법문만 하는 것이 아닙니다. 나는 제자들 속에서 나를 봅니다. 나는 조상들 속에서 나를 봅니다. 지금 이 순간 나는 곳곳에서 나의 연속을 봅니다. 그리고 매일 지금까지 스승들께 배웠고 수행을 통해 배운 것을 최선을 다하여 제자들에게 전수하려고 노력합니다.

언젠가 나의 존재가 멈추리라고 생각지 않습니다. 나는 도반과 제자 들에게 21세기는 산이라고, 우리가 수행공동체로서 함께 올라야 할 아름다운 산이라고 말했습니다. 나는 나의 수행공동체와 끝까지 함께할 겁니다. 내게 그것은 문제가 아닙니다. 내 안에서 모든 사람을 보고 또 모든 사람들 속에서 나를 보기 때문입니다. 이것이 깊이보기 수행이고, 공성空性+에 대한 선정수행이며, 상호유기적 삶의 수행입니다.

+ 공성은 산스크리트어 'sunyata'의 번역으로 '텅 비어 있다'는 뜻이다. 즉 만물은 원인과 조건이라는 인연이 충분할 때 생겨나고 인연이 부족하면 사라지므로 개개의 사물은 '독립된 실체'가 없다는 의미다. (옮긴이)

2,600년 전에 살았던 아나타핀디카(급고독장자)는 일찍이 부처님을 따르던 사람입니다. 아나타핀디카는 매우 너그러운 사업가였고 시간을 내어 도시 빈민들을 돕는 일에 힘을 쏟았습니다. 그는

가난한 사람들에게 많은 재산을 내어놓았지만 그럼에도 그의 부는 줄어들지 않았습니다. 그는 많이 행복했습니다. 재계에 많은 친구들이 있었고 그들 모두 아나타핀디카를 사랑했습니다

아나타핀디카는 특히 부처님 모시는 일을 즐거워했습니다. 그는 숲이 우거진 동산을 사서 부처님과 제자들이 수행을 할 수 있도록 '기원정사'라는 수행처를 지었습니다. 기원정사는 유명한 수행센터가 되었고, 매주 열리는 부처님의 법문을 듣고자 많은 사람들이 몰려들었습니다.

어느 날 부처님께서는 사랑하는 제자 아나타핀디카가 매우 아프다는 소식을 들었습니다. 아나타핀디카의 집을 방문하신 부처님께선 그에게 침대에 누워서도 '알아차림 호흡mindful breathing'을 수행하라고 격려하셨습니다. 그런 다음 아나타핀디카와 가까운 친구였으며 부처님의 수제자였던 사리푸타에게 아나타핀디카가 아픈 동안 잘 돌봐주라고 말씀했습니다.

사리푸타와 그의 사제인 아난다는 아나타핀디카의 집으로 갔습니다. 그들이 도착했을 때 아나타핀디카는 너무나 쇠약해져 있었고, 그래서 침대에서 일어나 앉아 인사를 하려고 했지만 그럴 수가 없었습니다. 사리푸타는 말했습니다.

"괜찮네, 일어나려고 하지 말게. 그냥 조용히 누워 있게나. 우리가 의자를 가져와서 옆에 앉겠네."

사리푸타는 먼저 물었습니다.

"여보게 친구! 기분이 어떤가? 몸의 통증이 더 심해졌나 아니면 약해졌나?"

아나타핀디카는 대답했습니다.

"내 몸의 통증이 약해지지 않는군. 더 심해지고 있다네."

그 말을 들은 사리푸타는 아나타핀디카에게 유도명상의 방법을 사용하여 몇 가지 수행을 시키려 하였습니다. 부처님의 제자들 가운데 가장 지혜로운 사람 중 한 명인 사리푸타는 아나타핀디카의 마음을 그가 즐겨 모셨던 부처님께 집중하도록 하여 기쁘게 해주어야겠다고 생각했습니다. 사리푸타는 아나타핀디카의 마음속에 있는 행복의 씨앗에 물을 주고 싶었던 겁니다. 아나타핀디카가 살면서 행복했던 이야기를 하면 또한 내면의 좋은 씨앗들에게 물을 주어, 그를 통해 이 위기상황에서 그의 통증을 좀 줄일 수도 있으리라고 생각했습니다.

사리푸타는 아나타핀디카에게 알아차림 속에서 숨을 들이쉬고 내쉬라고 하였습니다. 그러면서 마음속으로 가장 행복했던 시간을 회상해보라고 했습니다. 이를테면 빈민들을 위한 일, 수많은 보시행, 가족 및 부처님 제자들과 함께 나눈 사랑과 자비를 말입니다.

단지 5~6분이 지나자 아나타핀디카의 몸 전체에 통증이 줄어

들었고, 내면의 행복 씨앗들이 물을 머금어 그의 얼굴에도 웃음
이 감돌았습니다. 아픈 사람 또는 죽음을 앞둔 사람에게는 행복
의 씨앗에 물을 주는 일이 매우 중요합니다. 우리 모두는 내면에
행복의 씨앗을 가지고 있고, 병석에 누워 있거나 임종을 맞이하
는 어려운 때에는 친구가 곁에 앉아 이런 씨앗과 접할 수 있도록
도와주어야 합니다. 그렇지 않으면 두려움과 회한, 절망의 씨앗
에 싹이 터 크게 자라 우리를 압도할 것입니다.

아나타핀디카가 웃게 되자 사리푸타는 명상수행이 성공했다
고 생각했습니다. 사리푸타는 아나타핀디카에게 유도명상을 계
속하자고 했습니다.

"친구여, 이제 여섯 가지 감각에 대한 명상을 수행할 시간이
네. 숨을 들이쉬고 내쉬며 나와 함께 수행을 해보세."

이 두 눈은 내가 아니다. 나는 이 두 눈에 매이지 않는다.
이 몸은 내가 아니다. 나는 이 몸에 매이지 않는다.
나는 끝이 없는 생명이다.
이 몸이 소멸하는 것은 나의 끝을 의미하지 않는다.
나는 이 몸 안에 국한되지 않는다.

누구나 죽음이 다가오면 자기 몸이 자신이라는 생각에 얽매이

기 쉽습니다. 즉 몸의 소멸이 자기 자신의 소멸이라는 개념에 얽매이는 것입니다. 우리는 모두 '무'가 되는 것을 두려워합니다. 하지만 몸의 붕괴가 죽어가는 사람의 참성품을 변화시킬 수는 없습니다. 그래서 깊이보기를 수행하여 우리가 단지 우리 몸에 국한되지 않는다는 것을 알아야 합니다. 우리 개개인은 무한한 생명입니다.

> 이 몸은 내가 아니다. 나는 이 몸에 매이지 않는다.
>
> 나는 한없는 생명이다.
>
> 이 두 눈은 내가 아니다. 나는 이 두 눈에 매이지 않는다.
>
> 이 두 귀는 내가 아니다. 나는 이 두 귀에 매이지 않는다.
>
> 이 코는 내가 아니다. 나는 이 코에 매이지 않는다.
>
> 이 혀는 내가 아니다. 나는 이 혀에 매이지 않는다.
>
> 이 몸은 내가 아니다. 나는 이 몸에 매이지 않는다.
>
> 이 마음은 내가 아니다. 나는 이 마음에 매이지 않는다.

두 사람은 아나타핀디카가 여섯 가지 감각이 느끼는 대상에 대해서도 명상을 하도록 이끌었습니다. 죽어가는 사람은 형태, 소리, 몸, 마음 등에 집착하고 이것들이 자기 자신이라고 생각할 수 있습니다. 그는 이것들을 잃어가고 있기 때문에 자신을 잃고 있다고 생각합니다. 다음 명상은 아프거나 임종을 맞은 사람에게 매우 위안이 되는 명상입니다.

내가 보는 이것들은 내가 아니다. 나는 내가 보는 것들에 매이지 않는다.

이 소리들은 내가 아니다. 나는 이 소리들에 매이지 않는다.

이 냄새들은 내가 아니다. 나는 이 냄새들에 매이지 않는다.

이 맛들은 내가 아니다. 나는 이 맛들에 매이지 않는다.

이 몸의 감촉들은 내가 아니다. 나는 이 몸의 감촉들에 매이지 않는다.

이 생각들은 내가 아니다. 나는 이 생각들에 매이지 않는다.

아나타핀디카는 사리푸타와 아난다를 매우 잘 알았습니다. 두 사람 모두 부처님께서 몹시 사랑한 제자였는데, 이 둘이 거기 앉아서 힘을 보태자 아나타핀디카는 중병을 앓는 중에도 쉽게 명상을 할 수 있었습니다. 이윽고 사리푸타는 시간에 대한 명상으로 그를 인도했습니다.

과거는 내가 아니다. 나는 과거에 의해 제한받지 않는다.

현재는 내가 아니다. 나는 현재에 의해 제한받지 않는다.

마침내 이들은 존재와 비존재, 가고 옴에 대한 명상에 도달했습니다. 이것은 매우 깊은 가르침입니다. 사리푸타는 말했습니다.

"친구여, 지금 존재하고 있는 모든 것은 원인과 조건이 있기 때문에 생긴 것이라네. 지금 존재하고 있는 모든 것은 태어남도 없고 죽음도 없고, 도착도 없고 떠남도 없는 그런 성품을 가지고 있다네."

"몸이 생기면 생긴 것이라네. 그것은 어디에서도 오지 않았네. 조건이 충분히 갖추어지면 몸이 형태화되고 그것을 자네는 존재한다고 지각하는 것이라네. 조건이 더 이상 충분치 못하면 자네는 더 이상 몸을 지각할 수 없게 되네. 그때 자네는 몸이 존재하지 않는다고 생각할 수도 있지만 실은 만물의 참성품은 태어남도 없고 죽음도 없는 것이라네."

아나타핀디카는 매우 훌륭한 수행자였습니다. 이 지점까지 수행을 하자 그는 감동하여 그 자리에서 통찰지를 얻었습니다. 그는 '무생무사'의 차원을 접할 수 있었습니다. 자신이 단지 몸에 불과하다는 생각에서 놓여났습니다. 그는 생사의 개념, 유무의 개념을 놓아버렸고 그래서 두려움도 놓아버렸고 깨달음을 얻을 수 있었습니다.

지금 존재하는 모든 것은 원인의 조합으로 있는 것입니다. 원인과 조건이 충분히 모이면 몸이 있게 됩니다. 원인과 조건이 충분치 못하면 몸은 없습니다. 눈, 귀, 코, 혀, 마음도 마찬가지고 또한 형태, 소리, 맛, 감촉 등도 마찬가지입니다. 이런 말들이 추상적으로 들릴 수 있지만 우리 모두는 이것들을 깊이 이해할 수 있습니다. 삶이 진정 무엇인지 그 참성품을 알려면 죽음의 참성품을 알아야 합니다. 죽음을 이해하지 못하면 삶을 이해하지 못합니다.

부처님의 가르침은 우리의 고통을 완화시킵니다. 고통의 근원은 자아와 주변세상의 참성품을 모르는 무지에 있습니다. 이해하지 못할 때 두려운 것이며, 두려움은 많은 고통을 초래합니다. 그래서 두려움을 없애주는 것이 최상의 선물입니다. 자기 자신에게나 다른 사람에게나 말이지요.

이 중요한 수행, 두려움을 없애는 수행은 깊이보기를 통해 항상 거기 있는 깊은 두려움을 완화시켜줍니다. 두려움이 없다면 삶은 더욱 행복하고 아름다워지며, 사리푸타나 아나타핀디카처럼 많은 사람들을 도울 수도 있습니다. 사회활동을 하거나 사람과 지구를 보호하고, 사랑과 봉사의 욕구를 만족시켜주는 자비행을 할 때는 두려움 없는 마음의 에너지가 핵심이며 최상의 토대가 됩니다.

행복하게 살다 평화롭게 죽는 것은 충분히 가능합니다. 우리가 다른 모습으로 바뀌어 연속한다는 것을 알면 그리할 수 있습니다. 또한 우리 내면에 굳건함과 두려움 없는 마음을 갖추었다면 남들이 행복하게 죽도록 도울 수도 있습니다. 많은 사람들이 죽어서 '무'가 되는 것을 두려워하고, 이런 두려움 때문에 많은 고통을 받습니다. 그러므로 우리가 하나의 형태화된 모습이고, 다른 많은 형태의 연속이라는 사실을 죽어가는 사람에게 알려주어야 합니다. 그러면 우리는 생사의 두려움에 흔들리지 않을 것입니다. 생사가 그저 개념에 불과함을 알기 때문입니다. 이런 통찰지가 우리를 두려움에서 해방시켜줍니다.

'무생무사'의 실제를 수행하고 꿰뚫어보는 법을 안다면, 가고 옴이 그저 개념에 불과함을 이해한다면, 우리가 굳건하고 평화롭게 현재에 머문다면, 그때 우리는 죽어가는 사람이 두려움 없이 큰 고통 없이 죽도록 도울 수 있습니다. 우리는 그 사람이 평화롭게 죽도록 도울 수 있습니다. 죽음이 없고 다만 연속이 있을 뿐임을 이해할 때 우리는 두려움 없이 살다가 평화롭게 죽도록 우리 자신을 도울 수 있습니다. 삶의 마지막 순간에서 아나타핀디카는 모든 선물 중에서도 최상의 선물인 두려움 없는 마음을 받았습니다. 그리고 그는 아름답게 평화롭게 통증이나 두려움 없이 죽었습니다.

알아차림의 힘

누구나 알아차림과 삼매와 이해와 자비를 키울 수 있는 능력을 가지고 있습니다. 이런 능력은 모두 타고난 것입니다. 그것을 '불성'이라고 부를 수 있습니다. 그러므로 "부처님께 귀의합니다"라고 말할 때 우리는 저 밖에 존재하는 어떤 신에게 귀의한다고 말하는 것이 아닙니다. 그 말은 우리가 이해하고 사랑할 수 있는 능력을 가지고 있음을 믿는 것입니다.

부처님께서는 나이가 드셔서 돌아가시기 직전에 이렇게 말씀하셨습니다.

"도반들이여, 제자들이여, 자기 밖에 있는 그 무엇에도 귀의치 마라. 너희 모두의 내면에는 너희가 갈 수 있는 아주 안전한 섬이 있다. 알아차림의 호흡을 하며 그 섬으로 돌아갈 때마다 너희는 이완과 삼매, 통찰지의 공간을 만드는 것이다. 내면의 그 섬에서 알아차림의 호흡과 함께할 때 너희는 안전하다. 그곳이 바로 너희가 두려울 때마다, 불확실하고 혼란스러울 때마다 안전하게 돌아가 귀의할 수 있는 곳이다."

플럼 빌리지에서는 음악에 맞춰 부르는 짧은 시가 있습니다. 그 시를 '귀의수행'에도 사용할 수 있습니다.

> 숨을 들이쉬고
> 숨을 내쉰다.
> 부처님은 나의 알아차림.
> 가까이서도 멀리서도 빛을 비춘다.

호흡을 알아차리는 수행을 하면 알아차림의 에너지를 생성합니다. 이것을 '호흡의 알아차림'이라 부릅니다. 그 알아차림의 에너지가 바로 부처님입니다. 부처님께선 알아차림으로 이루어져 있으니까요. 누구나 다 알아차림의 에너지를 생성할 수 있습니다. 그리스도교도들은 알아차림의 에너지를 성령에 비교할 수 있습니다. 성령은 하느님의 에너지로 묘사할 수 있습니다. 알아차림 속에서 걷기명상과 호흡명상을 수행하면서 이 강력한 에너지를 생성해냅니다. 알아차림의 에너지에 귀의합니다. 그 에너지 속에서 편히 쉬십시오. 그 에너지는 일종의 빛으로 앞을 비추며 우리가 지금 어디 있는지 그리고 우리가 원하는 다음 걸음이 무엇인지 알려줍니다.

알아차림의 호흡을 수행할 때 생성된 에너지는 몸과 마음의 긴장을 풀어줍니다. 우리 몸 안에 긴장이 있고 내면에 두려움이나 절망 등의 강렬한 감정이 있을 수 있어요. 알아차림의 에너지는 우리를 안아주고, 진정시키며, 긴장과 고통을 내보내도록 해줍니다. 이 에너지가 우리를 침착하게 하고 두려움을 완화시켜줍니다.

내면에 있는 자신의 섬에 귀의한다고 해서 세상을 떠나는 것은 아닙니다. 다만 우리가 우리 자신에게로 돌아간다는 것, 그래서 좀 더 굳건해진다는 것을 의미합니다. 도시 속을 걸으면서도 내면의 섬에 머물 수 있습니다. 우리 내면이 굳건하여 무엇에도 잘 압도되지 않을 때 주변에서 일어나는 일에 보이는 반응은 매우 다릅니다.

우리 몸에 긴장이 있을지 모릅니다. 강렬한 감정도 있겠지요. 알아차림의 호흡을 수행하면 알아차림의 에너지가 몸과 감정에 있는 긴장을 내보내고 고통을 감소시켜줍니다. 내면의 안전한 섬에 귀의하는 이 구체적인 수행을 1~2분간 하면, 마음이 고요해지고 더 이상 두려움이나 절망에 사로잡히지 않게 되며 그런 감정이 변화합니다. 나는 위의 시를 자주 수행합니다. 이미 30년 가까이 이 시를 암송해왔고 앞으로도 계속할 겁니다.

부처님께선 임종 직전에 '자신의 섬'에 대한 가르침을 주셨습니다. 당신께서 돌아가신 뒤에 많은 제자들이 방황할 것을 아시고 제자들에게 외부의 스승보다 내면에서 스승을 찾아야 한다고 말씀하셨습니다. 다시 말해서 스승의 몸은 없어질지라도 가르침은 이미 제자 속으로 들어갔습니다. 자신만의 섬으로 돌아간다면 우리는 거기 계신 스승을 만날 수 있을 것입니다.

안과 밖, 내면과 외부에는 실제 차이가 없습니다. 실은 우리가 내면에 있을 때 외부와 더 많은 접촉을 할 수 있습니다. 만약 우리가 거기 내면에 없다면, 우리가 우리 자신이 아니라면, 바깥세상과 실제 접촉은 없습니다. 밖으로 가는 길이 안에 있습니다. 내면과 깊이 접하게 되면 외부와도 접하게 됩니다. 그리고 외부와 깊이 접하게 되면 내면과도 동시에 접하게 됩니다.

자신의 섬으로 돌아가면 알아차림과 삼매가 생겨납니다. 두려움, 화, 절망 등의 감정이 생길 때면 내면의 그 섬으로 돌아가서 이 '귀의의 시'를 수행하십시오. 이 수행을 몇 분 하고 나면 분명 기분이 나아질 것입니다. 위험상황이나 공포상황에 처한 경우, 또는 매우 아플 때나 어찌 해야 좋을지 모를 때면 언제나 이 시를 수행해야 합니다. 모든 사람이 이 시를 수행한다면 충분한 고요함, 평화, 명료함이 생겨나 어떤 어려운 상황이라도 헤쳐 나갈 수 있게 될 겁니다. 귀의수행은 나날의 삶에 기쁨과 평화를 가져다줍니다.

참다운 삶을 살게 하는 알아차림의 에너지

알아차림은 우리 마음이 다시 몸으로 돌아오도록 해서 지금 여기에 잘 머물 수 있도록 해주는 에너지입니다. 그리할 때 우리는 삶과 삶의 많은 경이로움과 깊이 접할 수 있고 그래서 참으로 삶을 살 수 있게 됩니다. 알아차림은 지금 이 순간, 우리 몸과 감정과 인식과 세상에서 일어나고 있는 일들을 알아차리도록 해줍니다.

우리는 아침 언덕과 안개와 일출이 아름답다는 것을 압니다. 우리는 그 아름다움과 접하고 그것을 우리 마음 안으로 들여오고 싶습니다. 이것이 마음을 살찌우는 일임을 압니다. 하지만 때론 어떤 감정이나 느낌이 강하게 올라오고 그래서 지금 여기에서 일어나는 일을 즐길 수 없게 됩니다. 다른 사람은 산과 장엄

한 일출과 자연의 아름다움을 자신의 몸과 마음으로 온전히 받아들이는 순간에도, 우리는 근심, 두려움, 화가 앞을 가리고 있어 일출의 아름다움을 우리 내면으로 들여올 수 없습니다. 우리 감정이 가로막고 있어서 삶의 경이, 하느님의 왕국, 부처님의 정토와 접할 수가 없는 것입니다.

이런 상황에서는 어떻게 해야 할까요? 우리는 그 감정이나 느낌을 제거하여 자유를 되찾아야 한다고 생각합니다. 그래야 일출의 아름다움이 내면에 스며들 수 있을 테니까요. 우리는 우리의 두려움과 화, 근심을 적으로 여깁니다. 그것들만 없으면 자유로울 텐데 이런 감정들이 방해를 해서 우리가 필요로 하는 마음을 살찌우는 일을 할 수가 없다고 생각합니다.

이런 순간이 오면 우선 알아차림의 호흡을 놓지 않은 상태에서 그것이 화든 좌절감이든 두려움이든 그 존재를 부드럽게 인정해야 합니다. 우리가 불안하거나 근심하고 있다면 그때 우리는 이렇게 수행합니다.

"숨을 들이쉬며, 나는 불안한 마음이 내 안에 있음을 안다. 숨을 내쉬며, 나는 나의 불안한 마음에 웃음을 보낸다."

아마도 우리는 습관적으로 걱정을 하는지도 모릅니다. 걱정할 필요도 없고 걱정해야 도움도 되지 않는다는 것을 알지라도 여전히 걱정을 합니다. 우리는 걱정에 접근 금지령을 내리고 걱정을 제거해버리고 싶습니다. 걱정을 하는 동안에는 삶의 경이와 만날 수도 없고 행복해질 수도 없다는 것을 알기 때문입니다. 그래서 우리의 걱정에 화를 냅니다. 그것을 원치 않으니까요. 하지만 걱정은 우리의 일부가 되었습니다. 그래서 걱정이 올라올 때 그것을 부드럽고 평화롭게 다루는 법을 알아야 합니다. 알아차림의 에너지가 있으면 할 수 있습니다. 알아차리는 호흡과 걸음을 통해 알아차림의 에너지를 기릅니다. 그리고 그 에너지로 걱정, 두려움, 화를 인지하고 부드럽게 감싸 안는 겁니다.

아기가 고통스러워하며 운다고 벌을 주지는 않습니다. 아기가 바로 우리 자신이니까요. 두려움과 화도 그 아기와 같습니다. 그것들을 그저 창밖으로 던져버릴 수 있다고 생각하지 마십시오. 우리의 화, 우리의 두려움, 우리의 걱정을 폭력으로 대하지 마십시오. 이 수행은 단지 그들의 존재를 인정하는 것입니다. 알아차림 호흡과 걸음을 계속 수행하십시오. 그런 다음 수행을 통해 생성된 에너지로 강한 감정을 인지하고, 그것들에게 웃어주고 부드럽게 감싸 안는 것입니다. 이것이 자신의 걱정, 두려움, 화를 누그러뜨리기 위해 비폭력으로 수행하는 방법입니다. 만약 자신의 화에 대해 화를 낸다면, 그 화가 열 배로 커지게 됩니다. 이는 현명치 못한 일입니다. 우리는 이미 많이 고통스러웠습니다. 그런데 자신의 화에 화를 내면 더욱 고통스러울 겁니다. 아기가 울며 발버둥 친다면 유쾌한 상태가 아닌 것입니다. 엄마는 아기를 부드럽게 들어 올려 두 팔로 감싸 안습니다. 그러면 어머니의 온화함이 아기에게 전달됩니다. 그렇게 2~3분이 지나면 아기는 기분이 나아져 울음을 그칩니다.

아픔과 슬픔을 인지하고 그것들을 부드럽게 감싸 안도록 해주는 것은 알아차림의 에너지입니다. 그렇게 할 때 우리는 안도하고 아기는 조용해집니다. 이제 우리는 아름다운 일출을 즐기고 우리 내면뿐 아니라 주변에 존재하는 삶의 경이와도 접하여 풍요로워질 수 있습니다.

아마도 우리는 어디를 가든 핸드폰을 들고 다니는 습관이 있는지도 모르겠습니다. 우리는 핸드폰 없이는 살 수 없다고 생각합니다. 깜빡 잊고 핸드폰을 집에 두고 오기라도 하면 두렵습니다. 배터리가 바닥이 나려 하면 걱정이 됩니다.

알아차림을 수행할 때도 이렇게 핸드폰을 가지고 다니는 것처럼, 어딜 가든 수행과 함께할 수 있습니다. 하지만 핸드폰과 달리 알아차림은 자리를 차지하지도 않고 가방을 무겁게 하지도 않으며 배터리가 닳을 염려도 없습니다. 우리가 어딜 가든 수행도 함께 갑니다.

나날의 삶에 영적 차원이 있어야만 행복뿐 아니라 아픔과 두려움도 잘 돌볼 수 있는 힘을 기를 수 있습니다. 알아차림을 수행하면 두려울 때 갈 곳이 생깁니다. 알아차림 수행에 자양분을 공급하며 닦아 나아가면 알아차림은 매우 활력 있고 생생해집니다. 어디를 가든 우리에겐 수행이 있고, 그래서 자신감이 생깁니다. 이런 자신감은 휴대폰을 통해 얻는 안정감보다 훨씬 큽니다. 어떤 어려움도 굳건히 서서 헤쳐 나갈 수 있게 해줍니다.

누구나 다 내면에 알아차림의 씨앗이 있습니다. 누구나 다, 심지어 아주 어린아이들도 알아차림 속에서 숨을 들이쉴 수 있습니다. 누구나 다 알아차림 속에서 차를 마실 수 있습니다. 누구나 다 알아차림 속에서 걸음을 걸을 수 있습니다. 알아차림의 에너지 속에 머물 때 우리는 알아차림 속에서 말하고 먹고 걷습니다. 알아차림의 에너지는 우리 내면에서 살아 있습니다.

알아차림은 그 안에 삼매의 에너지를 지니고 있습니다. 그러므로 삼매의 씨앗 역시 우리 안에 있습니다. 우리를 두려움, 화, 절망에서 놓여나게 해줄 수 있는 삼매 수행들이 있습니다. 알아차림과 삼매의 에너지를 나날의 삶에서 기르면서 두려움과 화를 변화시키고 고통을 놓아버리는 것을 배웁니다. 그리고 알아차림, 삼매와 함께 통찰지도 옵니다. 통찰지는 지혜와 이해입니다. 지혜의 씨앗과 완벽한 이해의 씨앗은 누구에게나 있습니다. 자각은 알아차림, 삼매 그리고 통찰지입니다.

여러분이 굳건하고 행복하게 알아차림 속에서 걷는 것을 볼 때 나는 여러분에게서 성스러움을 봅니다. 여러분을 '성하'라고 불러도 될 것 같습니다. 사실입니다. 우리 모두가 성스러움을 가지고 있습니다. 내면에 부처님을 모시고 있기 때문입니다. 부처님께서 우리 안에서 살아 계시다면 우리는 고통받지 않고 행복할 수 있습니다.

멈추는 법 배우기

부처님께서 가르치신 명상수행에는 두 부분이 있습니다. 멈추기와 깊이보기입니다. 명상의 첫 부분은 멈추기입니다. 우리 모두는 태어난 뒤 계속 달리고 있습니다. 이제 그것은 강한 습관이 되었습니다. 우리보다 앞서 산 수많은 조상들도 그러했을 뿐만 아니라 그런 습관을 우리에게 전해주었습니다. 계속 달리고 긴장하고 여러 가지 일에 마음이 휩쓸리면서 우리 마음은 지금 이 순간 속에 완전히 깊숙이 평화롭게 머물지 못합니다. 우리는 사물을 매우 피상적으로 보는 데 익숙해지고 잘못된 인식과 그로 인해 생기는 부정적인 감정에도 휩쓸립니다. 이로 인해 잘못된 행동을 하게 되고 삶이 비참해집니다.

이 수행은 우리 자신에게 멈추는 훈련, 즉 이 모든 것들을 좇아 달리는 일을 멈추도록 훈련시키는 것입니다. 만약 우리가 짜증도 화도 내지 않고, 두려움이나 절망이 없다 해도 우리는 여전히 이런저런 프로젝트와 함께, 또는 이런저런 생각과 함께 달리느라 평화롭지 못합니다. 그러므로 심지어 문제가 전혀 없을 때라도 자신을 이완하고, 멈추고, 지금 이 순간의 경이로움으로 돌아오는 수행을 계속하시기 바랍니다.

마음이 고요하면 사물을 깊이 보게 됩니다. 멈추기를 제대로 수행하면 깊이보기를 수행할 필요가 없게 됩니다. 이미 사물을 깊이 보고 있으니까요. 멈추기와 깊이보기는 하나입니다. 이 둘은 동일한 실제의 양면입니다. 무언가에 집중하면 마음이 하나로 모아집니다. 그리고 마음이 하나로 모아질 때 우리는 멈추고 깊이 보고 있는 겁니다.

그러므로 멈추고, 긍정적인 것들과 접하고 있을 때 우리는 신선하고 명료하며 웃음을 웃고 있습니다. 그렇게 수행의 자양분을 흡수한 우리는 명료한 마음, 웃음, 기쁨으로 다른 사람들에게도 자양분을 줄 수가 있습니다.

지금 이 순간이 주는 풍요로운 경이 속에 머물 때에도 우리에겐 많은 어려움이 있을 수 있습니다. 하지만 그래도 깊이 보면 약 80퍼센트 정도는 우리가 접하고 즐길 수 있는 긍정적인 것들로 이루어졌을 겁니다. 그러므로 달아나지 마세요. 지금 이 순간으로 돌아오십시오. 그리하면 삼매의 힘을 길러 사물을 좀 더 깊고 명료하게 볼 수 있습니다. 이 수행은 간단하지만 매우 중요합니다.

지금 이 순간 속에서 숨을 들이쉬고 내쉬며 평화롭게 머무십시오. 감정이 너무 강렬해서 호흡만으로는 멈출 수도 이완할 수도 없을 때는 밖으로 나가서 걸으십시오. 발걸음에 집중하면 마음을 멈추는 데 도움이 됩니다. 생각이나 판단, 짜증, 강한 감정, 프로젝트 등에 마음을 빼앗기지 마십시오. 지금 이 순간으로 돌아와서 모든 것을 멈추고 느긋하게 머무세요. 멈추고 내면의 동요와 긴장을 다 내보내십시오. 지금 강한 감정을 체험하고 있지 않다 해도 그렇게 수행을 계속하면 우리가 정말 무언가 생각하고 숙고해야 할 때, 무언가를 깊이 보아야 할 때가 왔을 때 조용히 앉아 깊이 보면서 계획을 세울 수 있습니다.

수행을 통해 몸의 긴장을 내보내고 통증을 감소시킬 수 있습니다. 수행을 통해 내면의 아픈 감정들을 인지하고 그 감정들을 감싸 안는 방법을 알게 되며, 긴장감을 내보내 마음이 편안해질 수 있습니다. 우리는 원할 때마다 기쁨과 행복을 창조할 수 있습니다.

수행을 잘하면 장애와 어려움이 더 이상 두렵지 않게 될 겁니다. 어려움이 생기면 어떻게 극복해야 하는지 알게 될 겁니다. 탄탄한 수행을 하면 더 이상 두려워할 이유가 없습니다. 이미 길을 보았기 때문입니다. 우리의 몸과 감정, 인식을 다루는 방법을 알 때 우리는 더 이상 걱정할 이유가 없습니다.

지금 서 있든 걷고 있든 또는 좌선을 하고 있든 호흡을 사용하여 멈추기를 수행할 수 있습니다. 지금 이 순간 속에서 완전히 1백 퍼센트 멈춥니다. 그렇게 멈추었을 때 우리는 몸과 마음의 주인이 됩니다. 그때야 비로소 습관 에너지에 좌지우지되어 과거나 미래로 가버리거나, 이런저런 프로젝트 생각을 강박적으로 하지 않게 됩니다. 우리는 멈추기, 이완하기, 평화롭게 머물기를 수행합니다. 좌선은 앉아서 싸우는 것이 아닙니다. 모든 것을 놓아버리는 겁니다.

한 생각이 일어나면 "안녕!" 하고 인사한 뒤 즉시 "잘 가!"라고 합니다. 다른 생각이 일어나면 역시 "안녕!" "잘 가!"를 합니다. 싸우지 마세요. '이렇게 많은 생각을 하다니 나는 나쁜 사람이야'라고 하지 마십시오. 그렇게 생각할 필요가 없습니다. 그저 "안녕!" "잘 가!"라고 말하곤 편안한 마음으로 놓아버립니다. 지금 이 순간으로 마음을 가져온 다음 우리 몸을 자각하며 편히 쉬는 것입니다. 이것은 마치 콩을 물에 불리는 것과도 같습니다. 우리는 물이 콩 안으로 스며들도록 힘을 행사할 필요가 없습니다. 그저 콩이 물속에서 머물도록 놓아두면 서서히 서서히 물이 흡수됩니다. 이윽고 콩은 물로 가득 차게 되고 부풀어 올라 부드럽게 됩니다. 우리도 마찬가지입니다. 놓아버리기를 하면 긴장이 천천히, 천천히, 아주 천천히 빠져나갈 겁니다. 그리고 우리는 좀 더 여유롭고 평화롭게 됩니다. 이 수행은 우리 마음을 계속 지금 이 순간으로 가져와 몸과 함께하도록 하는 것입니다.

우리가 걸을 때 대체로 몸은 여기 있지만 마음은 다른 곳에 가 있습니다. 여기서도 수행은 지금 이 순간으로 돌아오는 것입니다. 우리의 몸과 마음은 하나로 융합됩니다. 이것은 매우 심오합니다. 그때 사물을 더 명료하고 평화롭게 볼 수 있습니다. 부정적인 생각이 일어나면 그저 "안녕!" 하고 인사를 하고 '부정적'이라는 판단을 알아차립니다. 그것은 우리 아버지, 어머니에게서 유래했을 수도 있고 또는 우리에게 영향을 준 다른 사람에게서 온 것일 수도 있습니다. 그러니 놓아버리고 웃어주십시오. 이것이 우리의 알아차리는 몸입니다. 다시 말해서 우리 몸 안에 우리 마음이 있다는 뜻입니다. 우리는 수행을 통해 늘 알아차리는 몸을 가지도록 해야 합니다. 그리 할 때 자리에 앉으면 앉아 있다는 것을 알게 되고, 우리 마음은 앉아 있는 그 몸에 온전히 들어 있을 수 있습니다. 걸을 때면 우리 마음이 온전히 걷고 있는 그 몸에 들어 있는 것입니다. 우리 발걸음이 평화롭게 사랑스럽게 깊이 땅을 접할 때마다 우리는 그것을 압니다.

　명상을 하면 금방 행복해질 수 있습니다. 근심과 불안, 프로젝트 등에 마음을 빼앗기는 것을 멈추기 때문입니다. 지금 이 순간으로 돌아와서 우리 안에 있는 긍정적인 것들을 접하면 명상의 기쁨을 맛보고 수행의 기쁨을 맛볼 수 있다고 부처님께서 가르치셨습니다. 명상의 기쁨은 매일 먹는 음식과도 같습니다. 매일 그 기쁨의 음식을 먹지 않는다면 우리는 시든 꽃과 같아집니다. 지금 이 순간으로 돌아와 아직 긍정적인 조건들이 여기에 많다는 자각을 접할 때 마음은 기쁨으로 차오르고 우리 자신에게 웃어줄 수 있게 됩니다. 그러면 우리는 다시 신선하고 생생해집니다. 그러니 명상의 기쁨이라는 음식이 결핍되지 않게 하십시오.

**몸과 마음은
하나**

　마음에서 놓아버리면 몸도 이완이 됩니다. 몸과 마음은 한 개 실제의 양면이니까요. 마음이 너무 긴장하면, 마음에 어려움이 너무 많으면 매일 몸에 영향을 미치게 마련입니다. 물론 우리 몸에 어느 정도의 운동과 대사가 진행되어야 긴장이 쌓이지 않습니다.

걷기명상을 하든 좌선을 하든 이런 멈추기를 통해 우리는 상황을 장악하게 됩니다. 우리는 몸과 마음의 군주입니다. 동요와 두려움, 불안에 휩쓸리도록 허락하지 마십시오. 불안과 두려움에 휩싸이면 폐위된 왕이나 여왕이 되는 겁니다. 여기서 수행은 자신에 대한 통치권을 되찾는 것입니다. 알아차림 속에서 걷고 알아차림 속에서 앉을 때 우리는 자신에 대한 주권을 되찾습니다.

마음이 지금 이 순간에 있을 때 우리는 무엇이 고통을 가져오고 무엇이 행복을 가져다주는지 깊이 볼 수 있습니다. 삼매와 통찰지로 인해 좀 더 명료하게 생각하고 행동하고 말할 수 있게 됩니다.

우리는 평소 사람의 삶이 덧없다는 것을 알지만, 나날을 사는 동안에는 영원히 살 것처럼 행동하기도 합니다. 하지만 삶이 덧없다는 자각을 한다면 좀 더 사랑과 이해로 남들을 대할 수 있습니다. 그들은 곧 떠날 것입니다. 이런 자각이 있다면 우리의 고통에도 자신이 어떤 기여를 했음을 이해할 수 있습니다. 남들을 탓하는 대신 자신의 삶을 먼저 내려다보고 자신의 어떤 지혜롭지 못한 측면이 그런 어려움을 초래하는 데 한몫했을지도 생각해볼 수 있습니다.

폭풍우 속의 고요

두려움과 화, 질투가 파도처럼 강하게 밀려올 때마다 우리는 이 부정적 에너지가 우리를 파괴하지 않도록 보살펴야 합니다. 우리 삶의 한 요소가 다른 요소와 갈등관계를 이룰 필요는 없습니다. 부정적인 것을 변화시키려는 노력이 필요합니다. 우리의 고통, 아픔, 두려움에 대해 비폭력적인 태도로 대해야 합니다.

두려움, 절망 등의 강한 감정이 밀려올 때는 그것이 우리를 삼켜버릴 것 같은 기분이 듭니다. 하지만 수행을 하면 두려움을 감싸 안는 법을 배울 수 있다는 것을 압니다. 누구에게나 알아차림의 씨앗이 있기 때문입니다. 매일 걷고 앉고 숨 쉬고 웃고 음식을 먹으면서 그 씨앗을 접하는 수행을 한다면 알아차림의 에너지를 기르는 것입니다. 언제든 그 에너지가 필요할 때 그 씨앗을 접하기만 하면 바로 알아차림의 에너지가 올라오고 그 에너지로 감정을 감싸 안을 수 있습니다. 그렇게 해서 한 번이라도 성공을 한다면 다음번에 강한 감정이 또 올라올 때 좀 더 평화로워지고 좀 덜 두려울 것입니다.

두려움이 찾아오다

지금 우리 마음 깊은 곳에 아픔과 슬픔, 많은 두려움이 있다고 해봅시다. 많은 사람들이 의식 심층에 커다란 고통과 아픔의 덩어리를 가지고 있어서 감히 쳐다볼 엄두도 내지 못하고 있습니다. 이 불청객이 위로 올라와 우리를 찾지 못하게 하기 위해 우리는 매일 바쁘게 지냅니다. 우리는 다른 '손님들'로 분주합니다. 이를테면 잡지나 책을 집어 들어 읽고, 텔레비전을 켜고, 음악을 틀어놓습니다. 우리 주의를 앗아가고 채울 수 있는 그 무엇이든 다 합니다. 바로 억압을 실천하는 것입니다.

우리 대부분은 이런 '통상 금지령'을 사용합니다. 우리는 두려움, 슬픔, 우울증이 의식의 수면으로 올라오는 문을 열어주고 싶지 않습니다. 그래서 다양한 방식으로 시간을 채웁니다. 지금 내면에서 일어나는 일을 볼 수 없도록 돕는 것들이 항상 주위에 널려 있습니다. 우선 텔레비전 시청 등의 오락이 있습니다. 텔레비전은 일종의 마약입니다. 내면의 고통이 참을 수 없도록 강렬하면 그 고통을 잊기 위해 텔레비전을 켭니다. 텔레비전은 우리 거실을 영상과 소리로 채웁니다. 지금 보고 있는 것에 만족하지 못하더라도 우리는 텔레비전을 끌 용기가 없습니다. 왜인가요? 비록 재미없고 심지어 귀찮기까지 하지만 내면의 집으로 돌아가서 그 고통을 접하는 것보다는 낫다고 생각하기 때문입니다. 주의를 딴 데로 돌리는 것, 그것이 우리 대부분이 선택한 방법입니다. 비흡연구역, 비음주구역을 정하듯 텔레비전이 없는 구역에 사는 사람도 있습니다. 하지만 대부분은 불안을 감추기 위해 텔레비전을 보고 게임을 합니다.

나는 매일 밤 텔레비전을 보는 가족을 알고 있습니다. 어느 날 벼룩시장에 간 이 사람들은 불상 하나를 사왔습니다. 집에 두려고 샀지만 집이 좁아서 불상을 둘 곳이 없었습니다. 마침내 텔레비전 위가 깨끗하고 놓을 만한 장소라는 결론을 내리고 그곳에 두기로 했습니다. 이들이 불상을 텔레비전 위에 둔 바로 다음 날 나는 그 집을 방문하게 되었습니다. 그리고 말해주었지요.

"불상과 텔레비전은 불과 물이 그러하듯 함께 있을 수가 없습니다. 부처님은 우리가 내면의 집으로 돌아가도록 돕지만 텔레비전은 그 집에서 달아나게 하기 때문입니다.”

복식호흡

강한 감정을 돌볼 수 있는 간단한 방법은 여러 가지가 있습니다. 그중 하나가 배로 숨을 쉬는 ‘복식호흡’입니다. 두려움이나 화 등의 강한 감정에 휩싸이면 우리는 주의를 배로 가져가는 수행을 합니다. 이때 지성의 차원에 머무는 것은 안전하지 않습니다. 강한 감정은 폭풍우와도 같아서 폭풍우의 한가운데 머무는 것은 매우 위험합니다. 그럼에도 우리 대부분은 화가 났을 때 그리합니다. 우리는 감정이라는 폭풍우 속에 머물며 그것에 휩쓸립니다. 그러지 말고 주의력을 아래쪽으로 내리고 중심을 잘 잡아야 합니다. 아랫배에 집중하면서 알아차리는 호흡을 합니다. 주의력을 모두 아랫배가 올라오고 꺼지는 것에 집중하십시오.

폭풍우가 불 때 나무를 보면 가지와 잎 들이 강한 바람에 거칠게 흔들리는 것을 볼 수 있습니다. 때로 그 나무가 폭풍우를 견디지 못할 것 같은 기분이 들 때도 있습니다. 강한 감정에 휩쓸릴 때도 그와 같습니다. 그 나무처럼 우리는 연약하게 느껴지고 언제라도 부서질 수 있습니다. 하지만 눈길을 아래쪽으로 내려 나무 둥치를 보면 상황은 다릅니다. 우리는 그 나무가 굳건하고 땅속에 깊이 뿌리박고 있음을 알 수 있습니다. 주의력을 나무 둥치에 집중하면 나무가 흙에 단단히 뿌리박고 있어 바람에도 뽑히지 않는다는 것을 깨닫습니다.

개개인은 앉아 있든 서 있든 그 나무와 같습니다. 감정의 폭풍우가 지나갈 때는 폭풍우 한가운데 서 있으면 안 됩니다. 그곳은 뇌와 가슴의 차원입니다. 강한 감정의 파도가 밀려올 때는 거기 있지 마십시오. 그곳은 너무 위험합니다. 배꼽 아래쪽으로 내려오십시오. 그곳이 우리 몸 중에서 가장 굳건한 곳, 나무 둥치에 해당하는 부위입니다. 그곳에서 알아차리는 호흡을 하십시오. 아랫배가 오르락내리락하는 것을 자각하십시오. 자리에 앉아 안정된 자세로 복식호흡을 하면 기분이 나아집니다. 그저 호흡만 하세요. 그 무엇도 생각하지 마십시오. 배가 일어났다 꺼졌다 하는 것을 지켜보며 숨을 들이쉬고 내쉽니다. 10~15분 정도 이렇게 수행하면 강한 감정이 지나갈 것입니다.

명상수행은 두 가지 측면으로 되어 있습니다. 먼저 멈추기와 고요하게 진정시키기를 하고, 그런 다음에 깊이보기를 하여 내적 변화를 가져옵니다. 알아차림의 에너지가 충분하면 어떤 감정도 깊이보기를 할 수 있고 그 감정의 참성품을 발견할 수 있습니다. 그리 할 때 그 감정을 탈바꿈시킬 수 있습니다.

물론 감정은 뿌리가 깊습니다. 너무도 강해서 그대로 두면 우리가 살아남을 수 없을 것 같습니다. 그래서 우리는 그런 감정을 계속 부정하고 억압합니다. 그러다 어느 순간 폭발하여 자신과 남에게 해를 끼칩니다. 하지만 감정은 그저 감정일 뿐입니다. 감정은 왔다가 잠시 머물고 그리고 다시 돌아갑니다. 단 하나의 감정 때문에 우리가 왜 자신과 남에게 해를 끼쳐야 하겠습니까? 우리는 감정보다 훨씬 큰 무엇입니다.

깊이보기를 수행할 수 있다면 그런 고통스런 감정이 무엇인지 알아내어 그 뿌리를 뽑아버릴 겁니다. 하지만 그런 감정을 감싸 안는 수행만으로도 이미 매우 도움이 됩니다. 만약 감정이 올라온 위기상황 중에 우리가 어디서 어떻게 귀의해야 할지를 안다면, 만약 우리가 숨을 들이쉬고 내쉬면서 아랫배가 올라오고 꺼지는 것에 주의를 15분, 20분 또는 25분까지 집중할 수 있다면, 폭풍은 지나가고 우리가 견딜 수 있음을 자각하게 될 것입니다. 강한 감정이 밀려올 때 견디는 데 성공하면 마음의 평화가 더 굳건해집니다. 이런 수행을 체득하면 더 이상 두렵지 않습니다. 다음번에 강한 감정이 다시 올라오면 다루기가 쉬워집니다. 우리가 견딜 수 있다는 사실을 알고 있으니까요.

강한 감정이 올라올 때 느긋하게 이완할 수 있다면 우리는 두려움을 자녀들에게나 미래 세대에게 전하지 않습니다. 하지만 두려움을 억누르다가 폭발시킨다면 그 두려움이 주변의 어린 사람들에게도 영향을 미칠 것이고, 그들 또한 그런 감정을 소비하고 전하게 될 것입니다. 하지만 두려움을 다루는 법을 안다면 우리는 사랑하는 사람들과 어린이들이 자신들의 두려움을 다룰 수 있도록 도울 수 있습니다. 우리는 그들과 함께하며 말해줍니다.

"애야, 나와 함께 숨을 쉬자꾸나. 아랫배가 올라오고 꺼지는 것에 집중하며 들이쉬고 내쉬자."

이 사람들은 우리가 그리하는 것을 보았기 때문에 우리 말을 들을 것입니다. 우리가 함께하면서 알아차림과 굳건함의 에너지를 주기 때문에 우리 자녀나 동반자는 감정의 급류를 안전하게 건널 수 있을 겁니다. 사랑하는 당신이 옆에 있기 때문에 그 자녀나 동반자는 당신처럼 강한 감정을 견딜 수 있다고 믿을 것입니다. 두려움에 직면해서 침착하게 대응하며 어린이들에게 폭풍우를 견뎌내는 법을 가르친다면 우리는 미래에 이들의 목숨까지 구할 수 있는 귀중한 기술을 전수한 것입니다.

이웃의 두려움
변화시키기

우리는 대체로 많은 시간을 과거나 현재의 두려움이 부추기는 행동을 하며 보내고, 그런 것들은 서로에게 그리고 사회에 부정적인 영향을 미칩니다. 그렇게 우리는 '두려움의 문화'를 창조합니다. 두려움이 올라와서 기분이 나쁘고 걱정이 된다면 제일 먼저 그 두려움을 인정해야 합니다. 우리는 두려움을 바로 행동으로 옮기지 않고 대신 그 두려움의 존재를 인지하고 감싸 안을 수 있습니다. 주변을 둘러보면 모든 사람들이 다 두려워하며 그 두려움을 행동으로 옮기고 있습니다. 그런 와중에도 우리 모두는 평화와 안전이 보장되기를 갈망합니다.

때때로 남들의 두려움을 비웃고 싶은 충동이 일어나기도 합니다. 그 두려움이 우리 자신의 두려움을 상기시키기 때문입니다.

우리는 두려움을 보이지 않는 곳에 숨겨두고 인정하지 말라고 배웠습니다. 어떻게 하면 두려움을 놓아버리고 두려움이 내면에서 부추기는 화와 폭력을 멈출 수 있을까요? 우리는 깊이듣기를 수행해야 하고 부처님께서 당신의 두려움과 폭력을 놓아버리기 위해 하셨던 수행을 배워야만 합니다. 두려움에 대해 알아차림을 수행하고 그 뿌리를 깊이 보면 답이 나옵니다.

요즘 비행기를 타면 모든 사람이 범죄용의자가 된 듯합니다. 누구라도 테러리스트가 될 수 있다며 모두가 두려워합니다. 누구나 폭약을 소지하거나 폭탄을 몸에 지닐 수 있습니다. 모두 다 신체 스캐너를 통과해야 합니다. 모두들 다른 사람을 두려워하고 내 것이 아닌 물건을 두려워합니다. 나처럼 승복을 입고 있다 해도 스캐너를 통과해야 하고 수색을 당해야 합니다. 두려움이 만연하였기 때문입니다. 우리보다 앞서 왔던 사람들이 이런 두려움의 분위기를 만들었고 이제 그것은 점점 더 커지고 있습니다. 우리는 고통을 어떻게 다루어야 하는지 모릅니다. 두려움을 놓아버리는 방법을 아는 사람은 거의 없습니다.

우리는 복수를 하고 싶다는 소망을 키웁니다. 우리에게 고통을 준 사람을 벌하고 싶습니다. 그렇게 하면 우리의 고통이 줄어들 거라고 생각합니다. 그들에게 폭력을 행사하고 벌을 주고 싶습니다. 폭약을 가진 테러리스트가 버스나 비행기에 탑승하면 모두가 죽습니다. 벌을 주겠다는 테러리스트의 마음은 자신의 고통에서 비롯했습니다. 그는 자신의 고통을 다루는 법을 모르고 그래서 남들을 벌하여 자신의 고통에서 벗어나려고 합니다.

부처님께서 말씀하셨습니다.

"불행한 사람들의 마음속을 깊이 들여다보았더니 고통 밑에 매우 날카로운 칼을 숨기고 있었다. 자기 안에 있는 그 매서운 칼을 보지 못하기 때문에 이들은 고통을 잘 다루지 못하는 것이다."

두려움은 마음속 깊은 곳에 묻혀 있습니다. 이 매서운 칼 위에는 무언가 여러 층이 덮여 있어 칼이 숨겨져 있습니다. 그 매서운 칼이 잔인한 행동을 하도록 우리를 몰아갑니다. 자신의 가슴속에 박힌 그 칼이나 화살을 본 적은 없지만 그것 때문에 다른 사람에게 고통을 줍니다. 우리는 내면에 있는 그 칼을 인지하는 법을 배울 수 있습니다. 그 칼을 찾고 그것을 없앨 수 있다면, 우리는 다른 사람의 가슴에 박힌 칼도 빼낼 수 있습니다. 이 매서운 칼이 초래한 고통은 오래도록 거기 존재했습니다. 그 칼을 품고 있는 한 우리의 고통은 더욱 커지고, 마침내 너무 커져서 그 고통을 초래했다고 여겨지는 사람들을 벌하고 싶은 것입니다.

자비의 혁명

누구나 내면에 원초적 두려움을 가지고 있습니다. 하지만 두려움은 단지 개인적 차원에 그치는 것이 아닙니다. 많은 나라와 세계의 특정 지역이 두려움, 고통, 증오의 불길로 신음하고 있습니다. 자신의 고통을 완화하기 위해서라도 우리는 자신에게로 돌아와서 우리가 왜 그렇게 폭력과 두려움에 묶여 있는지 이해해야 합니다. 무엇이 테러리스트들에게 그토록 큰 증오심을 키워 자신의 목숨을 희생하는 것도 불사하고 큰 고통을 초래하는 것일까요? 겉으로 보이는 커다란 증오심을 움직이는 것은 무엇일까요? 심지어 타인에게 위험을 초래할 수 있는 사람을 따로 분리해야 할 필요도 있습니다. 하지만 동시에 우리는 물어야 합니다.

"세상의 정의롭지 못한 측면에 대해 우리에게 어떤 책임이 있는가?"

우리는 두려움을 느끼고 싶지 않습니다. 흔히 두려움이 지속되면 화가 납니다. 우리가 두렵다는 사실 때문에 화가 납니다. 그래서 무엇이든 그 두려움을 일으킨다고 생각되는 사물이나 사람에게 화를 냅니다. 어떤 사람들은 자기에게 고통을 일으킨다고 생각되는 사람이나 대상에게 복수를 하는 것으로 평생을 보냅니다. 이런 복수심은 남들 뿐 아니라 그런 마음을 가진 사람에게도 오직 고통만을 안겨줍니다.

증오, 화, 두려움은 활활 타오르는 불길과도 같아서 오직 자비심만이 끌 수 있습니다. 그렇지만 어디에서 자비심을 찾을 수 있을까요? 슈퍼에서 살 수 있는 것도 아닙니다. 그랬다면 집으로 가져와서 세상의 모든 증오와 폭력을 다 없애버릴 수 있었을 겁니다. 자비심은 오직 우리 마음속에서 수행을 통해서만 키울 수 있습니다.

때로 자녀, 배우자, 부모 등 우리가 사랑하는 사람들이 잔혹한 말이나 행동을 하여 우리에게 상처를 주기도 합니다. 우리는 우리만 고통을 받고 있다고 생각합니다. 하지만 상대 역시 고통받고 있습니다. 그런 고통이 없었다면 그렇게 상처를 주는 말이나 행동을 하지 않았을 겁니다. 우리가 사랑하는 그 사람은 고통을 변화시킬 방법을 찾지 못했고 그래서 모든 두려움과 화를 우리에게 쏟아내는 것입니다. 그러므로 자비 에너지를 생성하여 먼저 우리 마음을 진정시키고 그런 다음에 상대를 돕는 것은 우리의 책임입니다. 상대를 벌한다면 그의 고통은 커지고 그리되면 폭력의 악순환은 계속될 겁니다.

폭력을 폭력으로 대응하는 것은, 복수를 하려는 사람이나 우리 자신에게나 더 많은 폭력과 불의와 고통만을 초래합니다. 누구나 내면에 지혜를 가지고 있습니다. 깊이 숨 쉴 때 내면에 있는 지혜의 씨앗을 접할 수 있습니다. 만약 모든 사람들의 내면에 있는 지혜와 자비의 에너지에 단 1주일만이라도 자양분을 공급한다면 그로 인해 세상에 만연한 두려움, 화, 증오의 수위가 줄어들 것이라고 확신합니다. 그러므로 나는 모든 사람들에게 마음을 진정시키고 마음을 한데 모으는 수행을 하여 이미 내면에 있는 지혜와 자비의 씨앗에 물을 주라고, 그리고 깨어 있는 소비를 하라고 독려하는 것입니다. 그렇게 한다면 이것은 진정 평화 혁명일 것입니다. 이 혁명만이 이 어려운 상황을 헤쳐나가게 해줄 수 있습니다.

도처에 테러리스트들이 있습니다. 이들은 단지 버스나 시장만 폭파하는 것이 아닙니다. 평범한 사람들도 화가 나면 몹시 분노하며 폭력적으로 행동합니다. 그리 되면 평소에 혐오하던 테러리스트와 별반 다를 것이 없습니다. 마음속에 그들처럼 분노의 칼을 품고 있기 때문입니다. 입에서 나오는 말에 유념하지 않는다면 남들에게 많은 상처와 고통을 주는 말을 하게 됩니다. 그런 말은 일종의 협박이고 테러입니다. 많은 사람들이 어린이들에게 상처 주는 말을 합니다. 그 상처의 칼은 어린이의 가슴속에서 매일 피를 내고, 그렇게 평생 갈 수도 있습니다. 그리고 가슴에 칼

을 품은 어린이들의 고통과 분노는 가정과 사회와 세상을 파괴
합니다.

대부분의 고통은 오해에서 옵니다. 상처를 없애려면 오해부터
없애야만 합니다.

"나는 그 사람이 이런 행동을 한 것으로 알고 있어. 하지만 사
실은 꼭 그렇지 않을 수도 있어. 내가 몰랐던 것들이 숨어 있을
수 있어. 좀 더 잘 이해하기 위해서 나는 그 사람의 말을 더 들어
봐야겠어."

우리에게 고통을 주었다고 생각하는 사람들 역시 마찬가지로
우리에 대해 오해할 수 있습니다. 다른 쪽의 이야기를 경청하려
는 노력을 할 때 우리의 이해는 커지고 상처는 작아집니다.

이런 상황에서 첫 번째로 할 일은 우리 머리에서 그린 그림이,
즉 우리가 일어났다고 생각하는 것이 정확하지 않을 수도 있다
는 것을 마음속에서 인정하는 일입니다. 수행은 우리가 좀 더 마
음을 진정시키고 느긋하게 이완할 때까지 호흡명상을 하거나 걷
는 것입니다.

두 번째로 할 일은 마음의 준비가 되었을 때 우리에게 상처를 주었다고 생각하는 사람들에게 우리가 고통스럽다는 것, 그리고 그 고통이 우리 자신의 오해에서 왔을 수도 있다는 걸 알리는 것입니다. 상대방에게 비난으로 다가가는 대신 그들에게 도와달라고, 설명해달라고, 그들이 왜 그런 행동이나 말을 했는지 이해하게 해달라고 부탁할 수 있습니다.

세 번째로 할 일은 매우 어렵습니다. 아마 제일 어려운 일일 겁니다. 이것은 진정으로 이해하고 우리의 인식을 수정하기 위해서 상대의 대답을 주의 깊게 듣는 겁니다. 그리하면 우리가 그동안 오해의 희생자였음을 알게 됩니다. 마찬가지로 상대 역시 오해의 희생자였을 겁니다.

깊이듣기와 '사랑이 담긴 말'은 강력한 수행입니다. 이를 통해 우리는 양질의 소통을 할 수 있고 실제 무슨 일이 일어났는지 알 수 있습니다. 진실을 알고 싶다는 마음이 진심이면, 그리고 온화한 말과 깊이듣기를 사용하는 방법을 안다면 상대의 정직한 인식과 감정을 들을 수 있게 됩니다. 상대의 말을 다 들은 뒤에는 그들이 오해를 풀도록 도울 수 있습니다. 내적 상처에 이렇게 접근한다면 두려움과 화를 오히려 더 깊고 정직한 관계를 구축하는 기회로 만들 수 있습니다.

우리의 마음을 겨누고 있는 분노와 불신의 칼을 빼내었을 때, 마음은 해탈의 강을 건너는 다리가 됩니다. 집착과 갈애, 두려움을 해소할 수 있다면 건너편 언덕, 즉 해탈의 언덕을 보기 시작합니다. 우리는 자애롭게 행동해야 합니다. 증오와 분노가 날뛸 때는 그 무엇도 해결할 수 없습니다. 증오와 분노로는 폭력을 없앨 수 없습니다. 폭력과 두려움을 제거하는 것은 오직 자비와 사랑입니다.

우리는 먼저 말합니다.

"친구여, 내 마음에 날카로운 칼이 들어 있어요. 나는 이것을 빼내고 싶어요."

상대가 나의 제안을 받아들여 우리말을 듣고 또 자신의 말을 하기 시작하면 이때 '자비롭게 깊이듣기'를 수행할 만반의 준비가 되어 있어야 합니다. 모든 알아차림과 삼매의 에너지를 다 동원하여 들으십시오. 우리가 원하는 것은 다만 상대가 할 말을 다 할 기회를 주는 것입니다. '자비롭게 깊이듣기'란 상대방이나 상대국이 지금까지 기회가 없거나 용기가 없어, 또는 지금까지는 아무도 그들의 말을 깊이 들어주지 않았기 때문에, 하지 못했던 말을 할 수 있는 기회를 주는 것입니다.

처음 그들의 말은 비난, 억울함, 힐책으로 가득할 수도 있습니다. 최선을 다해 침착하게 앉아서 들으십시오. 이렇게 듣는 것은 그들의 고통과 오해를 치유할 기회를 주는 것입니다. 우리가 그들의 말을 중단시키거나, 부정하거나, 수정하려고 하면 소통회복의 통로, 화해의 통로를 잘라버리는 것입니다. 깊이듣기는 상대가 하는 말에 오해와 불의가 담겨 있어도 상대가 말하도록 허용하는 것입니다. 상대의 말을 깊이 들을 때 그의 오해를 알아차릴 뿐 아니라 자신도 자신이나 상대에게 오해가 있었음을 알게 됩니다. 나중에 두 사람이 모두 진정했을 때, 상대가 우리에게 좀 더 신뢰와 믿음을 갖게 되었을 때 우리는 천천히 그리고 지혜롭게 그들의 오해를 풀 수 있습니다. 사랑이 담긴 말을 사용하여 그들이 어떻게 우리와 상황을 오해했는지 지적할 수도 있습니다. 사랑이 담긴 말로 상대가 우리의 어려움을 이해하도록 도울 수도 있습니다. 또한 모든 분노와 증오와 폭력의 원인이었던 서로간의 오해를 해소하도록 서로 도울 수도 있습니다.

소통
회복하기

깊이듣기와 사랑이 담긴 말을 수행하는 뜻은 소통의 회복에 있습니다. 일단 소통을 회복하면 평화와 화해를 포함하여 모든 것이 가능하기 때문입니다. 나는 많은 부부들이 깊이듣기와 사랑이 담긴 말을 성공적으로 나누어 어려운 관계, 파괴된 관계를 치유하는 것을 보았습니다. 많은 아버지와 아들, 어머니와 딸, 남편과 아내가 이를 통해 가정에 평화와 행복을 되찾았습니다. '자비롭게 깊이듣기'와 '사랑이 담긴 말'을 수행함으로써 그들은 화해했습니다. 나라의 지도자들 역시 이 두 개의 수행을 통해 화해가 가능합니다.

어려운 상황에 처했을 때 우리만 고통받는 것이 아니라는 것을 모두 인지할 수 있습니다. 같은 상황에 처한 상대 역시 고통을 받고 있고, 우리에게도 부분적으로나마 그 고통에 책임이 있습니다. 이를 깨달을 때 상대를 자비의 눈으로 볼 수 있고, 이해의 꽃이 피어날 수 있습니다. 이해가 생기면 상황은 변화하고 소통이 가능해집니다.

그 어떤 평화의 통로도 다 우리 마음속에서, 우리 집단 안에서, 또는 우리 사람들 안에서 시작합니다. 평화를 실천하지 않는다고 상대를 계속 비난해선 안 됩니다. 상대가 평화로워지도록 돕기 위해 우리가 먼저 평화를 실천해야만 합니다.

구름에 가려진 푸른 하늘

우리 사회에는 두려움과 고통, 폭력과 절망, 혼란이 만연해 있습니다. 하지만 동시에 아름다운 푸른 하늘도 있습니다. 때로 그 푸른 하늘은 모습을 남김없이 드러내기도 하지만 때로는 푸른 하늘이 반만 보일 때도 있고, 때로는 약간만 삐죽이 얼굴을 내밀 때도 있습니다. 또 때로는 전혀 보이지 않을 때도 있습니다. 폭풍우와 구름, 안개가 푸른 하늘을 가리기 때문입니다. 하느님의 왕국 역시 무지의 구름이나 화, 폭력, 두려움의 폭풍우 때문에 가려져 있습니다. 하지만 알아차림을 수행하면 안개가 자욱하거나 구름이 끼었거나 폭풍우가 불 때도 푸른 하늘이 거기 구름 뒤에 있다는 것을 자각할 수 있습니다. 이를 잊지 않는다면 절망의 늪에 빠지지 않을 수 있습니다.

유대의 황야에서 설교를 하던 세례요한은 사람들에게 "회개하라. 하느님의 왕국이 가까웠느니라"고 외쳤습니다. 이 말 중 '회개하라'를 나는 '멈추어라'로 이해합니다. 세례요한은 우리가 폭력, 갈애, 증오 등의 행동을 멈추길 원한 것입니다. 회개 또는 참회는 깨어나서 우리의 두려움, 화, 갈애가 푸른 하늘을 가리고 있음을 자각하는 것입니다.

참회한다는 것은 새로이 시작하는 것을 의미합니다. 우리의 잘못을 인정하고, 이웃과 우리 자신을 사랑하라는 가르침의 맑은 물로 목욕을 하는 것입니다. 원망과 증오, 오만을 내려놓겠다고 약속하는 겁니다. 그리고 새로운 마음으로, 더 잘하겠다는 굳은 의지로 새 출발하는 겁니다. 요한에게 세례를 받은 뒤 예수님 역시 같은 가르침을 주셨습니다. 이 가르침은 불교의 가르침과 완벽하게 어울립니다.

만약 우리가 절망, 폭력, 두려움을 변화시키는 방법을 알게 된다면 광활한 푸른 하늘이 우리와 우리 주변 사람들에게 그 모습을 드러낼 겁니다. 우리가 찾고 있는 모든 것은 지금 이 순간 속에 모두 있습니다. 서방정토와 하느님의 왕국도 지금 이 순간 속에 있습니다. 지금 여기서 우리의 눈과 발로, 팔과 마음으로 하느님의 왕국과 만날 수 있습니다. 마음이 삼매에 들었을 때, 몸과 마음이 하나가 되었을 때는 단지 한 발자국만 떼면 하느님의 왕국과 접하게 됩니다. 알아차림을 수행할 때면, 우리가 자유로울 때면 솔잎을 보든 흰 눈을 보든 우리가 만나고 접하는 모든 것들이 다 하느님의 왕국 안에 머물고 있습니다. 우리가 듣는 모든 소리, 새소리, 바람 소리도 모두 하느님의 왕국에 속하게 됩니다.

서방정토를 만날 수 있는 기본 조건은 두려움, 절망, 분노, 갈애에서 자유로워지는 것입니다. 알아차림을 수행하면 구름과 안개와 폭풍이 여기 있다는 것을 인지할 수 있게 되지만 동시에 또 구름 뒤에 푸른 하늘이 있다는 것도 인지할 수 있게 됩니다. 우리에게 충분한 지성, 용기, 안정성이 있고, 이 성품들이 푸른 하늘이 드러나는 것을 볼 수 있도록 도와줍니다.

사람들은 흔히 내게 묻습니다.

"하느님의 왕국을 보려면 어떻게 해야 합니까?"

이것은 매우 현실적인 질문입니다. 이 질문을 재해석하면 이렇게 됩니다.

"우리 마을과 사회를 파괴하는 폭력과 두려움을 감소시키기 위해 저는 무엇을 할 수 있을까요?"

안정되고 굳건하고 자유로운 마음으로 한 발자국을 내딛는 것은 푸른 하늘에서 절망의 구름이 걷히도록 돕는 것입니다. 수백

명이 함께 알아차림 속에서 걸으면서 굳건하고 안정되고 자유롭고 환희로운 에너지를 생성할 때, 우리는 우리 사회를 돕고 있는 겁니다. 다른 사람을 자비로운 눈으로 바라보는 방법을 알 때, 이해하는 마음으로 그를 보고 웃는 방법을 알 때, 우리는 하느님의 왕국이 여기 함께하도록 돕는 것입니다.

우리가 알아차림 속에서 숨을 들이쉬고 내쉴 때 서방정토가 여기 함께하도록 돕는 것입니다. 하루를 살아가면서 매순간마다 우리는 정토가 실현되도록 무언가를 할 수 있습니다. 절망에 압도당하지 마십시오. 우리는 나날의 삶의 일분일초를 잘 사용할 수 있습니다.

만약 우리가 수행공동체를 만들어 행동한다면, 그래서 알아차림과 자비로운 에너지가 충만해지면 우리 힘은 막강해집니다. 영적 공동체의 일원인 우리는 기쁨이 충만하여 절망에 무너지려는 유혹을 뿌리칠 수 있습니다. 절망은 금세기에 가장 강한 유혹입니다. 홀로 있을 때 우리는 약하고 두렵습니다. 한 방울의 물이 되어 바다로 가려 한다면 도착하기도 전에 증발해버릴 겁니다. 하지만 우리가 강물이 되어 간다면, 우리가 하나의 공동체가 되어 함께 간다면 우리는 분명 바다에 닿을 수 있습니다. 함께 걸어줄 공동체가 우리에게 있어 그 공동체가 늘 우리를 후원하고 푸른 하늘을 잊지 않도록 상기시켜준다면 우리는 절대 믿음을 잃지 않을 것이고 두려움은 사라질 것입니다. 지금 하고 있는 역할이 정치 지도자든 사업가든, 사회복지가든 교사든 또는 부모든 우리 모두는 푸른 하늘이 아직 우리와 함께 있음을 상기시켜줄 무언가가 필요합니다. 그것이 바로 공동체며, 수행공동체 승가입니다. 이렇게 함께해야 절망의 늪에 빠지지 않을 수 있습니다.

함께 알아차림을 수행할 공동체가 있을 때, 우리는 함께 앉아 명상할 수 있고 그로부터 강력한 힘이 나옵니다. 일반 사회에서는 음식, 물건, 기술 등을 생산합니다. 수행공동체에서도 생산합니다. 바로 강력한 평화로움의 에너지, 강력한 알아차림의 에너지를 생산합니다. 식품이나 전구를 사려면 슈퍼로 가야 합니다. 하지만 알아차림의 에너지를 생산하려면 수행공동체인 승가와 함께하면서 좌선, 걷기명상, 그리고 평화와 기쁨 속에 살아가는 생활을 통해 그 에너지를 생산해야 합니다.

그리하려면 수행과 교육이 필요합니다. 나는 여러분께 자신과 자신이 속한 공동체에 영적 음식을 공급하기 위해 알아차림 수행을 깊이 고려해볼 것을 권하고 싶습니다. 이 에너지가 있어야 우리는 세상에 자양분을 공급할 수 있습니다. 이 수행이 세상에 자양분을 공급한다는 것을 알게 되면 우리는 큰 기쁨을 느낄 것입니다. 우리는 모든 생명들과 실질적인 방식으로 연결되어 있고, 그래서 생명을 섬기기 때문입니다.

안전을 원한다면 안전을 만들어야 합니다. 그런데 무엇으로 안전을 만들 수 있을까요? 요새나 폭탄이나 비행기는 두려움을 없애주지 않습니다. 이런 것들은 오히려 두려움을 키울 가능성이 높습니다. 미국 군대는 매우 강력한 최첨단 무기를 가지고 있지만 미국인들은 매우 두려워하며 자신들이 취약하다고 느낍니다. 그러므로 무언가 다른 것, 참으로 위안을 받아 우리가 안심할 수 있는 것을 찾아야만 합니다. 그것은 바로 들숨과 날숨 속에서 안전을 구축하는 방법입니다. 우리의 발걸음을 통해, 세상 속에서 행동하고 반응하는 방식을 통해, 그리고 소통하려는 노력을 통해 안전을 만드는 법을 배워야만 합니다.

함께 살거나 자주 만나는 사람들과 양질의 소통을 하지 못한다면 안심이 되지 않습니다. 주변 사람들이 우리를 친절하고 자비로운 눈으로 보지 않는다면 마음이 편치 않습니다. 말하고 앉고 걸을 때도 주변 사람들에게 우리가 평화로운 마음으로 다가

가고 있으므로 안심해도 된다는 것을 온몸으로 보여줄 수 있습니다. 이렇게 해서 신뢰를 형성합니다. 우리가 평화롭고 자비로울 때 상대는 안심합니다. 그러면 그 상대도 우리에게 자비와 이해로 다가올 수 있고 그리 되면 우리는 더욱 안심할 수 있습니다. 안전과 안심이란 개인적 문제가 아닙니다. 다른 사람이 안심하도록 돕는 것이 우리 자신의 안전을 돕는 최선의 보장입니다.

다른 나라들이 우리에 대해 안심하도록 돕지 않는다면 우리나라는 안전하지 못합니다. 미국이 안전을 원한다면 다른 나라들의 안전을 도와야만 합니다. 영국이 안전을 원한다면 다른 집단들의 안전을 생각해야만 합니다. 누구나 테러와 폭력의 희생자가 될 수 있습니다. 어떤 나라도 예외일 순 없습니다. 경찰이나 군대, 심지어 다량의 무기도 진짜 안전을 보장하지 못한다는 사실은 너무도 분명합니다. 아마도 우리가 우선적으로 해야 할 일은 "친구여, 당신이 안심하고 살기를 원한다는 것을 알고 있어요. 나 역시 안심하고 살고 싶어요. 그러니 함께 협력합시다!"라고 말하는 것입니다. 아주 간단한 일인데도 우리는 이런 말을 잘 하지 않습니다.

소통은 수행입니다. 우리 시대는 이메일, 핸드폰, 트위터, 페이스북 등의 세련된 소통수단을 다양하게 갖추고 있습니다. 그럼에도 개인이든 집단이든 국가든 서로 소통이 어렵습니다. 말을 할 때 언어를 잘못 사용하는 것 같습니다. 그래서 언어 대신 폭탄을 사용하고 맙니다. 말로서 소통이 되지 않는다면 총을 사용할 수밖에 없습니다. 절망에 무릎을 꿇은 겁니다.

먼저 소통하는 법을 배워야 합니다. 우리와 갈등 관계를 이룬 집단에게 그들이 두려워할 이유가 전혀 없음을 증명할 수 있다면 그때 비로소 서로를 믿기 시작할 것입니다. 아시아 사람들은 인사할 때 두 손을 연꽃 봉오리처럼 모아 합장하면서 절을 합니다. 서양에서는 만나면 악수를 합니다. 내가 알기론 이 전통은 사람들이 서로를 두려워한 중세에 시작되었다고 합니다. 만날 때마다 손에 무기를 들고 있지 않다는 것을 상대에게 보여주고 싶었던 겁니다.

지금 우리도 동일한 일을 해야 합니다. 우리의 행동으로 말하는 겁니다.

"친구여, 내겐 무기가 없어요. 봤지요? 만져보세요. 저는 두렵거나 해로운 존재가 아닙니다."

이렇게 신뢰를 쌓을 수 있습니다. 신뢰와 소통을 통해 대화는 가능해집니다.

소위 테러와의 전쟁이 시작된 이후 수십억 달러가 들어갔지만 그 결과 얻은 것은 더 많은 폭력, 증오, 두려움뿐입니다. 우리가 폭력, 증오, 원한을 없애지 못했다는 것은 중동 사람들이 행하는 테러를 볼 때, 그리고 사람들 마음속의 증오를 볼 때 명백히 드러납니다. 이제 우리 자신과 세상에 평화를 가져올 더 나은 방법을 숙고하여 찾아야 할 때입니다. 오직 깊이듣기와 온화한 소통을 수행할 때만 두려움, 증오, 폭력의 원천인 오해를 없앨 수 있습니다. 총으로 없앨 수는 없습니다.

두려움을 사랑으로
네 개의 진언

우리 내면에는 매우 크고 습관적인 두려움이 도사리고 있습니다. 무엇보다 우리 자신의 죽음, 사랑하는 사람을 잃게 되는 것, 변화 그리고 혼자 있는 것이 두렵습니다. 알아차림 수행은 우리 내면에서 두려움 없는 곳을 접하게 해줍니다. 우리가 완전한 안심, 완전한 행복을 체험할 수 있는 곳은 오직 '지금 여기'밖에 없습니다.

슬픔, 두려움, 우울은 쓰레기와 같습니다. 하지만 쓰레기 조각들도 생생한 삶의 일부이고 그래서 그 본성을 깊이 들여다보아야 합니다. 우리는 이런 쓰레기 조각들을 꽃으로 변화시키기 위해 수행을 합니다. 그 무엇도 버려선 안 됩니다. 단지 퇴비를 만드는 기술, 쓰레기를 꽃으로 변화시키는 방법을 배우기만 하면 됩니다. 불교수행을 할 때 우리는 자비, 사랑, 두려움, 절망을 포함한 마음작용의 성품이 유기적임을 봅니다. 변화는 언제나 가능하기에 우리는 그 어떤 마음작용도 두려워할 필요가 없습니다. 얼굴에 웃음을 띠고 호흡을 알아차리면 우리는 그것들을 변화시킬 수 있습니다. 두려움, 짜증, 우울한 마음을 느끼면 그런 마음이 있음을 인지하고 다음의 진언을 수행합니다.

진언眞言이란 일종의 마법의 공식과도 같아서 단 한 번만 말해도 상황을 확 바꿀 수 있습니다. 진언은 우리를 변화시키고, 남들도 변화시킵니다. 하지만 이 마법의 공식은 몸과 마음이 하나를 이룬 삼매 속에서 해야만 합니다. 이런 상태에서 우리가 하는 말은 진언이 됩니다. 다음 네 가지 진언을 알려주는 것은 지금이 순간으로 돌아와서 우리 자신이나 사랑하는 사람들을 위해 실로 거기 현존하는 것을 돕기 위해섭니다. 그렇게 할 때 두려움을 해소하고 참사랑을 키우며 소통을 회복할 수 있습니다. 이 진언들은 우리와 사랑하는 사람들의 내면에 있는 행복의 씨앗에 물을 주어 두려움, 고통, 외로움을 변화시키는 데 매우 효과적입니다.

사랑하는 사람에게 줄 수 있는 최상의 선물은 참으로 그의 곁에 있는 겁니다. 그러므로 첫 번째 진언은 매우 간단합니다.

"사랑하는 이여, 나는 당신을 위해 여기 있어요."

나날의 삶에서 우리는 사랑을 키울 시간이 거의 없습니다. 너무 바쁘기 때문입니다. 아침식사를 하는 동안에도 사랑하는 사람의 얼굴을 쳐다볼 시간이 없습니다. 빠른 속도로 먹는 동안에도 마음속에는 온갖 생각들이 오고 갑니다. 때론 신문을 들어 사랑하는 사람의 얼굴을 막기도 합니다. 저녁에 집에 오면 너무 피곤해서 역시 그들을 볼 여력이 없습니다.

누군가를 사랑할 때는 곁에 있어주는 것이 최상의 선물입니다. 우리가 거기 없는데 어떻게 사랑을 할 수 있겠어요? 자기 자신에게로 돌아오십시오. 그리고 그의 얼굴을 보고 말해보세요.

"사랑하는 이여, 할 말이 있는데…… 내가 당신을 위해 여기 있어요."

자신의 현존을 상대에게 선물하는 겁니다. 우리는 과거나 미래에 사로잡혀 있지 않습니다. 단지 사랑하는 이를 위해 거기 있습니다. 이 말을 할 때 우리의 몸과 마음이 함께 말해야 합니다.

그러면 변화를 이루게 될 것입니다.

두 번째 진언은 다음과 같습니다.

"사랑하는 이여, 나는 당신이 거기 있음을 알아요. 그래서 아주 행복합니다."

거기 있는 것이 첫 단계이고, 상대의 존재를 인지하는 것이 두 번째 단계입니다. 우리가 거기 온전히 1백 퍼센트 있기 때문에 사랑하는 사람의 존재가 매우 소중하다는 것을 자각합니다. 사랑하는 이를 알아차림으로 감싸 안으면 그는 꽃처럼 피어날 겁니다. 사랑받는다는 것은 무엇보다도 거기 존재하고 있음을 인정받는 겁니다.

위의 두 진언은 곧바로 행복을 가져올 수 있습니다. 비록 사랑하는 이가 가까이 있지 않을 때도 말이지요. 전화나 이메일로 이렇게 말하는 겁니다.

"사랑하는 이여, 나는 당신이 거기 있음을 알아요. 그래서 나는 아주 행복합니다."

이것은 진짜 명상입니다. 이 특별한 명상에는 사랑, 자비, 기쁨과 자유가 있습니다. 이 네 가지가 부처님이 말씀하신 참사랑을 구성하는 요소입니다.

고통을
완화하는 진언

세 번째 진언은 사랑하는 이가 고통받고 있을 때 우리가 수행하는 것입니다.

"사랑하는 이여, 나는 당신이 고통받고 있는 것을 알아요. 그래서 이렇게 당신 곁에 있답니다."

구체적으로 어떤 행동을 하기 전이라도 우리가 온마음을 다해 거기 있다는 사실이 이미 어느 정도 상대방에게 안정감을 줍니다. 고통스러울 때 우리는 사랑하는 이가 곁에 있기를 진정 바라기 때문입니다. 우리가 고통받고 있는데 사랑하는 사람이 아랑곳하지 않으면 고통은 더욱 커집니다. 그러므로 우리가 당장 할 수 있는 일은 사랑하는 이에게 온마음을 다해 다가가 충분한 알아차림 속에서 위의 진언을 말하는 겁니다.

"사랑하는 이여, 나는 당신이 고통 받고 있는 것을 알아요. 그래서 이렇게 당신 곁에 있답니다."

그리하면 사랑하는 이는 이미 기분이 나아졌을 겁니다.

우리가 거기 있는 것은 기적이고, 그의 고통을 이해하는 것도 기적입니다. 우리는 위와 같은 방법으로 사랑을 즉시 줄 수 있습니다. 진정 거기 있으려 노력해보십시오. 우리 자신을 위해 삶을 위해 그리고 우리가 사랑하는 사람들을 위해서 말입니다. 지금 우리와 함께 살고 있는 모든 사람들이 거기 있음을 인지하고, 그들 중 하나가 고통스러워할 때 거기 있어주십시오. 그 사람에게 우리가 거기 있는 것은 정말 소중한 일입니다.

**도움을
요청하는 진언**

네 번째 진언은 약간 어렵습니다.

"사랑하는 이여, 나는 지금 고통받고 있어요. 그러니 도와주세요."

이 진언은 우리가 고통받고 있는데 그 원인을 사랑하는 사람이 제공했다고 생각할 때 사용하는 것입니다. 누군가 다른 사람이 잘못을 했다면 우리가 그렇게까지 고통을 받진 않았을 겁니다. 하지만 가장 사랑하는 사람이 잘못했을 때 우리는 깊은 상처를 받습니다. 그러면 다시는 그 사람에게 도움을 요청하고 싶지 않을 것입니다. 차라리 방으로 들어가서 문을 걸어 잠그고 혼자서 펑펑 우는 게 낫겠지요. 여기서 화해와 치유를 가로막는 것은 자존심입니다. 부처님의 가르침에 의하면 참사랑에는 자존심이 들어설 자리가 없습니다.

이렇게 고통받고 있을 때에는 사랑하는 사람에게 다가가 도움을 요청해야 합니다. 그것이 참사랑입니다. 자존심으로 인해 서로 멀리 하지 마십시오. 자존심을 극복해야 합니다. 그리고 그 사람에게 다가가야 합니다. 그래서 이 진언이 있는 것입니다. 도움을 요청하는 진언을 말하기 전에 먼저 혼자서 이 진언을 수행해보세요. 그리하면 몸과 마음이 하나가 됩니다. 그리고 말하는 겁니다.

"사랑하는 이여, 나는 지금 고통받고 있어요. 그러니 도와주세요."

이 진언은 아주 간단하지만 실천은 매우 어렵습니다.

도움을 요청하는 진언은 두려움과 의심, 고립감을 없애줍니다. 이 진언은 복잡하지도 어렵지도 않습니다. 그리고 이 진언을 산스크리트어나 한문으로 할 필요도 없습니다. 그저 영어나 한글로 하면 됩니다. 이 진언들을 먼저 암기하고, 그것을 수행할 때는 용기, 지혜와 기쁨이 함께해야 합니다. 알아차림과 명상수행은 평화와 조화를 회복하기 위해 우리 자신에게로 돌아오는 일입니다. 이런 수행을 할 수 있게 해주는 에너지는 알아차림입니다. 알아차림은 그 안에 삼매와 이해, 사랑을 지니고 있습니다. 평화와 조화를 회복하기 위해 우리 자신에게 돌아오면 상대를 도와 관계에 소통을 회복하는 일이 훨씬 쉬워집니다.

자신을 돌보고, 자신의 내면에 평화를 회복하는 것이 남을 돕기 전에 기본적으로 해야 할 일입니다. 우리는 다른 사람이 자신과 남들에게 계속 고통을 주는 일을 멈추도록 도울 수 있습니다. 먼저 우리 내면에 있는 폭탄을 해체하는 방법을 배운다면, 친구가 마음속 폭탄을 해체하는 것도 도울 수 있습니다. 남에게 어떤 도움을 주려면 우선 내 내면에 최소한의 침착함과 기쁨 그리고 자비심이 필요합니다. 이것은 매일의 삶에서 알아차림을 수행하면 가능해집니다. 알아차림이란 단지 선방에서 수행만 한다고 얻는 것이 아닙니다. 부엌에서도, 정원에서도 또는 통화 중이나 운전 중이나 세탁 중에도 알아차림을 수행합니다. 안과 밖에 가득한 아름답고 치유적인 것들과 함께 거기 있는 수행을 매일 해야 합니다. 이 알아차림 수행은 일상생활의 모든 활동 중에도 할 수 있습니다.

오늘도 두려움 없이

II.

두 사람이 함께 앉아 호흡하며
알아차림의 에너지를 합치면
고통을 인지하고 감싸 안은 다음 변화시킬 수 있습니다.
그때 우리가 공동체라는 강물의 일부이며,
홀로 고립된 한 방울의 물이 아님을 확인합니다.
그리고 우리는 함께
저 바다에 도달할 것입니다.

두려움의 건너편

수행공동체

1966년 베트남 전쟁 중 마틴 루서 킹 박사를 만났을 때, 우리는 공동체 구축, 불교 용어로는 '승가 구축'을 논의했습니다. 킹 박사는 공동체 구축이 아주 중요하다는 것을 알고 있었습니다. 공동체 없이는 이룰 수 있는 것이 거의 없다는 것을 알고 있었던 겁니다. 우리가 두려움이나 절망을 느낄 때 굳건한 형제애가 힘을 주고 또 우리의 사랑과 자비심이 계속될 수 있게 해줍니다. 형제애는 우리 삶을 치유하고 바꿀 수 있습니다. 킹 박사는 '사랑의 공동체'라 부르는 공동체를 건설하는 데 많은 시간을 들였습니다.

사랑의 공동체 또는 승가는 알아차림, 삼매, 통찰지를 생성하기 위해 함께 수행하는 사람들의 집단입니다. 공동체에서는 수행으로 인해 생성되는 집단 에너지가 모든 구성원을 감싸 안고 받쳐줍니다. 흔히 외로움과 고립감은 두려움을 부추기고 더욱 키웁니다. 공동체 내부에는 수행이 탄탄한 사람들이 있어서 그들이 우리와 함께 앉아 알아차림의 에너지를 나눠줄 수 있습니다. 우리는 그들에게 도움을 요청할 수도 있습니다.

"잠시만 제 곁에 계셔주십시오. 제게 큰 아픔이 있는데 혼자서는 감싸 안을 수가 없어요. 그러니 저를 좀 도와주세요."

그렇게 두 사람이 함께 앉아 호흡하며 알아차림의 에너지를 합치면 고통을 인지하고 감싸 안은 다음 변화시킬 수 있습니다. 그때 우리가 공동체라는 강물의 일부이며, 홀로 고립된 한 방울의 물이 아님을 확인합니다. 그리고 우리는 함께 저 바다에 도달할 것입니다.

참된 공동체에는 치유와 평화가 있습니다. 공동체의 지원을 받으면 수행은 더 쉬워지고 삶은 훨씬 수월해집니다. 가족이나 친구들이 공동체가 될 수 있습니다. 우리를 받쳐주는 집단이나 지역사회가 바로 수행공동체 승가입니다. 공동체 구축은 우리의 안전과 후원과 행복을 구축하는 일입니다.

소통이 단절되면 모두 고통을 받습니다. 아무도 우리 말을 듣거나 이해하지 못할 때 우리는 언제 터질지 모르는 폭탄과 같습니다. 자비로운 듣기는 치유를 가져옵니다. 때로는 단 10분간의 깊이듣기가 우리를 변화시키고 입가에 웃음을 되돌려놓습니다.

많은 가정에서 듣는 능력과 사랑이 담긴 말을 잃었습니다. 이제 누구도 다른 이의 말을 듣지 못할지도 모릅니다. 그래서 우리는 매우 외롭습니다. 심지어 가족과 함께 있어도 말이지요. 그래도 심리치료사는 우리 말을 들어줄 수 있지 않을까 하고 찾아가 봅니다. 하지만 심리치료사 역시 내면에 깊은 고통을 안고 있습니다. 그래서 그들이 원하는 만큼 깊이 들을 수가 없습니다. 그러므로 누군가를 진정 사랑한다면 우리는 먼저 수행을 통해 깊이듣기 능력을 닦아야 합니다.

사랑이 담긴 말을 하기 위해서는 수행이 필요합니다. 우리는 침착하게 말하는 능력을 잃었습니다. 너무 쉽게 짜증을 냅니다. 입을 열 때마다 심술궂고 모진 말을 합니다. 우리는 친절하게 말하는 능력을 잃었습니다. 그런 능력 없이는 조화, 사랑, 행복을 회복할 수 없습니다.

불교에서는 고통을 완화시키기 위해 지구에 머무는 지혜롭고
자비로운 존재인 보살을 자주 이야기합니다. 관세음보살은 자비
롭게 거기 계시며 온전히 들을 수 있는 큰 능력을 가지고 계십니
다. 관세음보살은 세상의 모든 소리와 고통의 비명소리를 들어
주고 이해할 수 있는 보살입니다.

자비가 항상 우리와 함께할 수 있도록 그렇게 우리는 숨을 들
이쉬고 내쉬어야 합니다. 조언이나 판단을 하지 않은 채 그저 듣
습니다. 상대에 대해 스스로 이렇게 말합니다.

"나는 그의 고통을 덜어주고 싶고 그래서 그의 말을 듣고 있
는 것이다."

이것을 '자비로운 듣기'라고 합니다. 상대의 말을 듣는 동안
자비심이 내내 함께할 수 있도록 그렇게 들어야만 합니다. 그것
이 기술입니다. 상대의 말을 듣는 중에 짜증이나 화가 올라오면
더 이상 깊이듣기를 할 수 없습니다. 그러므로 짜증이나 화 에너
지가 올라올 때마다 알아차림 속에서 숨을 들이쉬고 내쉴 수 있
고, 그래서 내면에 자비심이 계속 머물도록 수행해야 합니다. 상
대가 어떤 말을 하든, 그의 사고방식에 많은 불의가 있다 해도,
그가 우리를 저주하고 비난한다 해도, 우리는 계속 조용히 앉아
서 숨을 들이쉬고 내쉽니다.

컨디션이 좋지 않다면, 그래서 그런 방식으로 계속 듣기를 할

수 없다면, 상대에게 알리십시오. 그러고는 이렇게 물어보세요.

"친구여, 며칠 뒤에 계속하면 어떨까요? 내가 수행을 더 한 뒤에 당신의 말을 잘 들을 수 있을 때 하고 싶어요."

걷기 명상, 알아차리는 호흡, 좌선을 더 수행하여 자비롭게 듣는 능력을 회복하기 바랍니다.

수행공동체와
함께 걷기

수행공동체와 함께할 수 있는 훌륭한 일 하나는 걷기명상입니다. 신체 활동을 할 때는 집단 에너지의 든든한 기운을 더 잘 느낄 수 있습니다. 걷기명상 수행은 집단과 함께 시작해야 도움이 됩니다. 친구에게 함께 가자고 하거나 아이의 손을 잡고 함께 걸어도 됩니다.

알아차림 걷기명상을 혼자 수행하려면 처음에 계단과 약속을 하는 것이 도움이 됩니다. 계단을 오르내릴 때 항상 알아차림 속에서 굳건한 걸음으로 걷겠다고 맹세를 합니다. 계단을 중간쯤 올랐는데 그중 한 걸음에 우리의 실제와 알아차림이 없었다는 것을 깨달았다면 처음으로 돌아가 다시 시작합니다. 만약 그 계단에서 걷기명상을 성공적으로 할 수 있게 된다면, 어디를 가든 지금 이 순간 속에 머물 수 있게 됩니다. 또 특정한 거리, 이를테면 책상에서 화장실까지의 구간을 정하고, 그 구간을 걸을 때면 모든 발걸음이 알아차림과 함께할 것이라고 서약을 합니다. 그러지 못했다면 시작점으로 돌아가 다시 시작합니다. 이 방법은 일상생활의 매순간을 깊이 살아가는 방법을 배우는 것이며, 습관 에너지에 휘둘리지 않는 것을 의미합니다. 머리로 걷지 말고 발로 걸으십시오. 마음을 발로 가져가서 걸으십시오. 지금 바로 여기에서 기쁨과 진정한 삶이 가능하도록 그렇게 걸으십시오.

집단과 함께 걷기명상을 할 때 알아차림과 평화로움의 집단 에너지가 생성되고 그 에너지가 우리의 치유를 돕습니다.

함께
알아차림

수행공동체와 규칙적으로 만나면 수행의 질을 향상시킬 수 있습니다. 알아차림과 삼매의 집단 에너지를 생성하는 수행공동체 승가는 우리에게 많은 도움을 줍니다. 특히 수행을 처음 시작할 때는 알아차림과 삼매가 강하지 못해 고통, 슬픔, 두려움을 인지하고 감싸 안을 수가 없습니다. 하지만 공동체가 뒷받침하면 좀 더 잘할 수 있습니다.

고통스러울 때 수행공동체에 와서 이렇게 말할 수 있습니다. "친구여, 이것이 나의 고통과 절망과 분노입니다. 제겐 너무 벅차고 힘이 듭니다. 제 안에 있는 이 고통과 슬픔과 두려움의 커다란 덩어리를 제가 감당할 수 있도록 도와주세요."

우리는 수행공동체가 알아차림과 삼매의 강력한 집단 에너지로 우리를 감싸 안고 함께 가주기를 바랍니다. 어느 순간 두려움과 함께할 수 있을 것 같은, 그래서 고통과 슬픔을 감싸 안을 수 있을 것 같은 마음이 듭니다. 수행공동체와 함께 그렇게 앉아 알아차림 속에서 호흡을 하면 마음이 편안해지고 자신을 변화시키고 치유할 수 있게 됩니다. 수행자로서 우리의 삶에 수행공동체가 존재하는 것은 매우 중요합니다. 따라서 수행자라면 어디에 살든 항상 공동체 구축을 도와야 합니다.

불교 전통에서는 우리가 하는 수행을 '법신Dharma body'이라고 부릅니다. 우리에게 육신이 있지만 영적 수행을 할 경우 또 다른 몸이 생기는 것이 바로 법신입니다. 법신과 함께할 때 우리는 어려움과 고통을 이겨낼 수 있습니다. 그리고 법신이 강하면 다른 사람들을 도울 수도 있습니다.

‘법’은 지혜로운 가르침으로 이해하면 됩니다. 법에는 ‘말로 전달된 법’과 ‘문자로 표기된 법’이 있지만, 또한 ‘살아 있는 법’도 있습니다. 알아차리는 호흡을 수행할 때, 걷기 명상을 수행할 때, 비록 아무 말도 하지 않고 아무 가르침을 듣고 있지 않을지라도 우리는 ‘살아 있는 법’을 몸으로 구현하고 있는 것입니다. 알아차림 속에서 걸으며 발걸음마다 즐기는 사람을 볼 때 그는 살아 있는 법을 실현하고 있는 겁니다. 사방으로 평화와 기쁨과 생명 에너지를 내뿜는 것이 바로 살아 있는 법입니다.

부처님의 수행공동체

보리수 아래서 깨달음을 얻으신 뒤 부처님께서 제일 처음 하신 일은 수행공동체를 구축할 만한 요소를 찾기 위해 주변을 둘러보신 것입니다. 그로부터 2,500여 년이 지난 뒤 킹 박사가 깨달았듯이, 부처님께선 수행공동체가 없이는 자신의 꿈, 즉 깨달은 분으로서 할 일을 이룰 수 없다는 것을 잘 알고 계셨던 것입니다. 수행공동체가 없다면 부처님도 할 수 있는 것이 그다지 없습니다. 마치 악기 없는 음악가처럼 말입니다. 부처님은 탁월한 수행공동체 구축자였습니다. 눈 깜빡할 사이에 1,250명의 비구 집단을 만드셨지요. 그것이 항상 쉽지만은 않았지만 부처님은 경험을 통해 배우셨습니다. 우리도 공동체 구축을 배울 수 있습니다.

우리는 우리 내면과 이 세상에 고통이 있다는 것을 알고 있습니다. 이 고통을 감소시키기 위해 무언가를 하고 무언가가 되고 싶습니다. 하지만 고통이 크기 때문에 많은 사람들이 무력감을 느낍니다. 혼자서는 그 고통을 완화하는 데 별 소득이 없을 것 같습니다. 너무 압도적이니까요. 그래서 몸이 아프고 우울해집니다. 젊은 시절 부처님 역시 비슷한 감정을 경험했습니다. 부처님은 주변에 만연한 모든 고통을 보았습니다. 그리고 왕이 된다 해도 그런 상황을 크게 변화시킬 수는 없다는 것도 알았습니다. 그래서 왕이 되지 않기로 결심했습니다. 다른 방식을 추구했던 겁니다. 부처님께서 승려가 되고 수행을 하도록 영감을 준 것은 사람들이 고통을 덜 받게 하고 싶다는 깊은 소망 때문이었습니다.

승려든 재가수행자든 부처님과 동일한 소망을 가지고 있습니다. 즉 우리 내면과 세상의 고통을 완화하기 위해 무언가를 하고 싶다는 마음입니다. 우리 안의 고통은 세상의 고통을 그대로 비춥니다. 우리의 고통을 이해한다면 세상의 고통도 이해합니다. 우리의 고통을 변화시킬 수 있다면 세상의 고통을 변화시키도록 도울 수 있습니다. 바로 그것이 부처님께서 하신 일입니다.

아직 젊은 승려였던 나는 베트남 전쟁 당시 매우 고통스러웠습니다. 수백만 명이 죽었고, 사망자 중에는 병사들만이 아니라 많은 민간인과 어린이 들도 있었습니다. 고통이 넘쳤습니다. 우리는 전쟁을 끝내기 위해 무언가를 하고 싶었습니다. 하지만 만약 우리가 공동체가 아니라 개인으로 행동한다면 할 수 있는 일이 별로 없다는 것을 분명하게 알았습니다. 우리는 공동체로 모였고 그러자 많은 일을 할 수 있었습니다.

개개인도 비슷한 감정일 겁니다. 지구는 너무나 많은 위험을 안고 있습니다. 세상에는 폭력과 고통이 난무합니다. 하지만 무력감이라는 역병에 휩쓸리다보면 미쳐버릴 겁니다. 우리는 무언가를 하고 싶습니다. 먼저 생존하기 위해서 그리고 고통을 줄이기 위해서 말입니다. 그리고 부처님도 보셨듯이 수행공동체가 없다면, 그다지 할 수 있는 일이 없다는 것을 분명히 압니다. 그래서 우리는 한데 모여 시종 변함없이 수행공동체와 함께합니다. 수행공동체와 함께하는 것 외에 다른 탈출구가 없다는 것을 알기 때문입니다.

세상의 고통에 비교하면 우리 내면의 고통은 아무것도 아니라는 것을 압니다. 그런 자각만으로도 고통이 금세 줄어듭니다. 세상의 고통과 접할 때 외롭다는 느낌이 덜해지고 나만의 고통은 이미 작아 보입니다. 수행공동체로서 하나가 될 때 우리에게 집단의 염원이 있습니다. 또한 집단의 자발성, 집단 에너지, 집단의 소망도 있습니다. 이런 에너지를 통해 우리는 함께할 때 할수 있는 일이 많음을 깨닫습니다.

다음 번에 출현하는 부처님은 개인이 아닐 거라고 생각합니다. 아마도 미래의 부처님은 공동체로 오시리라고 생각합니다. 한 명의 부처로는 충분치가 않기 때문입니다. 우리는 공동체여야 합니다.

우리는 기쁨과 인간적 유대감에 자양분을 공급하며 그렇게 남들과 함께할 수 있습니다. 하나의 수행공동체로서 함께 일하고 함께 웃고 노래할 때 기쁨을 느낍니다. 우리가 함께하는 동안 행복과 염원이 커지고 더욱 청정해집니다. 염원이 커질수록 우리는 많은 어려움을 직시하고 행동을 함께하여 세상의 고통을 줄일 수 있습니다.

수행공동체로서 함께 일할 때 많은 기쁨을 누릴 수 있습니다. 그런 기쁨이 우리를 치유하고 세상을 치유합니다. 형제애와 유대감이 주는 기쁨이 없이는 오래가지 못합니다. 자애는 다름 아닌 형제애와 유대감이고, 이해하고 보살피는 사랑입니다. 낭만적 사랑이 아닙니다. 낭만적 사랑만으로는 부족합니다. 그것은 단명하니까요. 형제애와 인간적 유대감은 오래 지속되는 사랑이라서 우리를 지속시켜주고 우리의 서약을 실현하도록 도와줍니다.

수행공동체 없이는, 진정 함께하지 않고서는 세상의 두려움과 고통을 변화시킬 수 없다는 자각을 한시라도 잊어서는 안 됩니다. 긴장을 내보내고 아픈 감정을 감싸 안는 호흡법을 배워야 합니다. 두려움, 분노, 절망이 있을 때 그런 감정을 보살피는 방법을 알아야 합니다. 갈등이 있을 때는 소통을 회복하기 위해 깊이 듣기, 자비로운 듣기, 사랑이 담긴 말을 수행하는 방법을 알아야만 합니다. 이런 것들은 수행하는 방법을 알아야만 배울 수 있습니다. 우리의 수행은 우리 안에, 가족 안에, 우리 마을에, 이 세상에 있는 모든 고통을 변화시키도록 돕습니다. 하지만 공동체 없이는 수행이 쉽지 않습니다.

수행공동체
만들기

첫 번째로 해야 할 일은 주변을 둘러보고 수행공동체를 구성하는 요소들을 확인하는 것입니다. 부처님께서 하셨던 것처럼 우리도 그렇게 시작합니다. 다음 수련회나 여름휴가 때까지 기다려선 안 됩니다. 기존의 수행공동체에 들어가든지 아니면 지금 당장 우리 집에서 수행공동체 만들기를 시작해야 합니다. 그렇게 하면 수행을 계속할 수 있습니다. 알아차림 속에서 걷기, 앉기, 호흡하기, 종소리 듣기 등을 수행할 수 있습니다. 수행공동체의 구축은 매우 중요하고 고귀한 일입니다. 우리 모두 예외 없이 가능한 한 빨리 수행공동체 구축을 생각해야 합니다. 부탁하건데 수행공동체를 만드십시오. 참된 수행공동체, 형제애와 유대감을 생성해주고 평화와 알아차림의 에너지를 키워줄 수 있는 집단을 만드시기 바랍니다.

우리 집에서 가깝거나 우리에게 맞는 수행공동체가 주변에 없다면 지금 살고 있는 집에, 마을에 자신과 자녀들, 친구나 가족들이 편히 와서 쉴 수 있는 수행공동체를 하나 만들 수 있습니다. 집단 에너지는 개인 에너지보다 크기 때문에 그 에너지를 빌려다 쓸 줄 안다면 감정을 안에 담고 고통에 압도되지 않을 수 있을 만큼 강해질 수 있습니다.

강물에 돌 하나를 던지면 아무리 작은 돌이라도 바닥에 가라앉습니다. 하지만 배가 있다면 많은 돌들이 수면 위에 떠 있게 할 수 있습니다. 수행공동체도 마찬가지입니다. 우리가 혼자라면 고통의 강물 속으로 가라앉고 말겠지요. 하지만 수행공동체가 있다면, 그 공동체에게 우리의 여행을 맡기고 우리의 아픔과 슬픔을 감싸 안아주도록 한다면 우리는 가라앉지 않습니다. 많은 사람들이 수행공동체의 집단 에너지로부터 도움을 받았습니다. 수행공동체가 수행에 소중하고 중차대함을 알았다면 최선을 다해 함께 수행할 사람들을 모으십시오. 그러면 모두가 혜택을 볼 것입니다. 바로 그것이 우리의 구명보트입니다.

수행을 잘하면 자신에게나 사랑하는 사람들에게나 위안처와 귀의처가 될 수 있습니다. 가정을 수행공동체로 만들면 다른 사람들이 와서 우리 가정에서 쉴 수 있습니다. 두세 가족을 한데 모아서 수행공동체를 만들면, 그리고 집단 안에서 수행이 잘 진행되면, 많은 사람들에게 위안처가 될 것입니다. 우리가 수행공동체 안에 있을 때 우리는 거대한 강물의 한 방울 물과 같습니다. 우리는 수행공동체가 우리를 안고 운반하도록 허락합니다. 수행공동체 안에서 두려움, 아픔, 고통은 인지되고 감싸 안아지고 변화됩니다.

두려움을 변화시키는 수행들

몸과 감정에서 두려움 내보내기
여덟 가지 간단한 알아차림 수행

알아차림 호흡을 수행하면 기쁨과 평화로움을 체험할 수 있습니다. 호흡에 집중할 때는 과거나 미래에 대한 생각에 휩쓸리지 않을 수 있습니다. 우리는 모든 생각에서 자유롭습니다. 생각에 잠겨 있는 동안은 온전히 현재에 있을 수가 없습니다. 데카르트는 말했습니다. '나는 생각한다. 고로 나는 존재한다.' 하지만 대부분의 경우 진리는 오히려 '나는 생각한다. 고로 나는 여기 실제로 존재하지 않는다'입니다.

주의력을 들숨에 가져갈 때 들숨에 대해 생각하고 있는 것이 아닙니다. 들숨을 직접적으로 체험하는 겁니다. 들숨은 생각이 아니라 실제입니다. 우리는 '우리의 들숨'이라는 실제를 살고 있습니다. '숨을 들이쉬며, 나는 나의 들숨을 즐긴다' 이렇게 알아차림 속에서 숨을 쉴 때 우리는 많은 것을 볼 수 있습니다. 우리는 삶의 기적과 접할 수 있습니다.

알아차림 속에서 호흡할 때 살아 있다는 것을 깨닫습니다. 살아 있다는 것은 멋진 일입니다. 지금 여기에 머물며 호흡한다는 것은 기적입니다. 살아 있다는 것은 기적 중에서도 최고의 기적 중 하나입니다. 갓 태어난 아기를 안고 있는 부모는 이것을 압니다. 임종을 맞이한 사람도 이것을 압니다. 살아 있다는 것, 숨을 쉬고 이 지구 위를 걷는다는 것은 대단한 일입니다. 삶을 축하하기 위해서 와인을 마시거나 디너파티를 열지 않아도 됩니다. 삶의 매순간을 축하할 수 있습니다. 우리가 걷는 걸음과 쉬는 숨과 함께 말입니다. 알아차림과 삼매를 통해 우리는 나날의 삶의 매순간과 접하고 매순간을 기적처럼 살 수 있습니다. 그것도 오늘, 지금 당장 할 수 있습니다.

알아차림의 에너지는 언제 어디서나 생성될 수 있습니다. 알아차리는 호흡, 알아차리는 걸음과 함께할 때 그 에너지가 우리를 삶의 경이와 깊이 접하게 해주고, 그로 인해 우리는 행복합니다. 우리의 수행은 매우 구체적이고 단순합니다. 숨을 들이쉴 때 진정 들숨에 주의를 집중하면 금방 변화가 옵니다. 우리는 좀 더 거기 있게 되고 실제와 더 많이 접하게 됩니다. 걷기명상을 수행할 때 온전히 알아차림 속에서 걷기 때문에 좀 더 깊은 방식으로 실제와 접할 수 있습니다. 실제와 얼마나 밀접히 접하고 있는가는 우리가 숨 쉬고 걷는 방식에 달려 있습니다.

여기 두려움이 일어날 때마다 간단히 사용할 수 있는 알아차림 호흡수행 여덟 가지를 싣습니다. 1번부터 4번 수행은 몸을 돌보고, 5번부터 8번 수행은 감정을 돌봅니다.

■ 수행 1

첫 번째 수행은 지극히 간단하지만 혜택은 큽니다. 우리가 진정 여기에 살아 있다는 통찰지를 가져다주기 때문입니다. 그리고 우리는 단지 이 몸에서 끝나는 것이 아니라 환경이기도 하다는 것, 즉 우리는 이 몸과 환경을 합친 것이라는 통찰지도 옵니다. 이 수행은 단순하지만 기쁨과 행복이라는 기적을 가져올 수 있습니다.

첫 번째 수행은 이렇습니다.

"숨을 들이쉬며, 나는 이것이 들숨임을 안다. 숨을 내쉬며, 나는 이것이 날숨임을 안다."

우리는 들숨을 들숨으로 인지하고, 날숨을 날숨으로 인지합니다. 쉽습니다. 주의력을 온전히 들숨과 날숨에 가져갑니다. 생각을 놓아버리고, 과거와 미래와 프로젝트도 놓아버립니다. 오직 호흡과 함께하고 그래서 자유롭습니다. 우리의 들숨은 우리가 주목하고 자각하는 유일한 대상이 됩니다. 우리는 단지 호흡만을 즐깁니다.

■ 수행 2

두 번째 수행은 이렇습니다.

"숨을 들이쉬며, 나는 들숨을 시작부터 끝까지 따라간다. 숨을 내쉬며, 나는 날숨을 시작부터 끝까지 따라간다."

들숨은 2초, 5초 또는 그 이상 지속될 수 있습니다. 우리는 들숨 전체를 그 시작부터 끝까지 아무 중단 없이 따라가고, 이 전 여정을 즐깁니다. 그렇게 할 때 삼매는 점점 더 강해집니다. 이것이 바로 삼매 속에서 수행을 하는 방법입니다. 알아차림 속에는 삼매의 에너지가 들어 있고, 삼매가 이루어지면 언제 어느 때라도 통찰지가 출현할 수 있는 조건이 무르익습니다.

그러므로 첫 번째 수행은 들숨과 날숨을 인지하는 것이고, 두 번째 수행은 처음부터 끝까지 들숨과 날숨과 함께하는 겁니다.

■ **수행 3**

세 번째 수행은 이렇습니다.

"숨을 들이쉬며, 나는 온몸을 자각한다. 숨을 내쉬며, 나는 온몸을 자각한다."

들숨이 지속되는 동안 우리는 육신과 접촉을 하고, 우리 몸은 알아차림의 대상이 되는 겁니다. 이는 마음을 몸으로 다시 가져온다는 의미입니다. 이렇게 몸과 마음이 하나가 되어 재결합을 하면 우리는 진정 거기 있고, 몸과 마음이 함께하는 것입니다. 세 번째 수행의 대상은 심신의 합일입니다.

"숨을 들이쉬며, 나는 온몸을 자각한다."

이것은 몸과 마음을 화해시키는 행위입니다.

아마도 우리는 한동안 우리 몸을 포기하거나 소홀히 했을 것입니다. 음식을 먹거나 일을 할 때도 몸을 잘 돌보지 못했을 수 있습니다. 그러므로 지금은 마음을 몸으로 가져와서 우리 몸을 돌보고 몸과 화해하는 때입니다. '숨을 들이쉬며, 나는 온몸을 자각한다' 그리고 이렇게 숨을 들이쉴 때 우리가 진정 여기 있음을, 우리가 진정 살아 있음을, 그리고 남들에게 줄 것이 있음을 잘 알 수 있습니다. 우리는 우리 자신을 위해 여기 있고, 또 남들을 위해 여기 있습니다.

우리는 이 수행을 나날의 삶에 적용해야 합니다. 우리 몸과 함께할 때 지금 몸에서 일어나고 있는 일을 알 수 있습니다. 몸 안에 긴장이나 통증이 있는 것을 인지할 수 있습니다. 아마도 그 통증은 만성적일 수 있습니다. 그 상태로 오랫동안 방치했을 테니까요. 우리는 몸 안에 긴장과 통증이 축적되도록 두었습니다. 이제 몸으로 돌아가며 긴장을 완화하고 통증을 감소시키기 위해 할 수 있는 일이 있습니다. 그래서 부처님이 이 네 번째 수행을 우리에게 주신 것입니다.

"숨을 들이쉬며, 나는 몸 안에 긴장과 통증이 있음을 자각한다. 숨을 내쉬며, 나는 몸 안의 긴장과 통증을 진정시키고 내보낸다."

세 번째 수행은 몸의 존재를 인지하는 것이고, 네 번째 수행은 긴장을 내보내는 것, 몸에서 긴장이 방출되도록 하는 것입니다.

"숨을 들이쉬며, 나는 온몸을 자각한다. 숨을 내쉬며, 나는 온몸을 자각한다."

"숨을 들이쉬며, 나는 몸 안에 긴장과 통증이 있음을 자각한다. 숨을 내쉬며, 나는 몸 안의 긴장과 통증을 진정시키고 내보낸다."

그러므로 처음 네 개의 수행은 호흡과 몸을 다루는 법을 배우는 것입니다.

"내겐 생각만 있는 것이 아니다. 내겐 몸이 있다. 나는 몸을 잘 돌보고 잘 다루고 싶다. 숨은 내 몸의 일부다."

만물이 연결되어 있으므로, 우리가 몸과 접하여 긴장과 통증을 인지했으므로, 우리는 이미 감정과도 접하고 있는 것입니다. 긴장은 불쾌한 감정과 불쾌한 감각을 만듭니다. 통증 역시 불쾌한 감정입니다. 그렇기 때문에 놓아버리기를 수행하는 겁니다. 기분이 좋아지고, 몸 안의 통증을 감소시키기 위해 긴장을 내보내는 것입니다. 지금까지 살펴본 알아차리는 호흡 네 가지는 매우 체계적입니다.

■ 감정의 영역

이제 소개할 네 가지 수행에서는 감정의 영역으로 완전히 옮겨갑니다. 다섯 번째 수행은 유쾌한 감정, 기쁨을 우러나게 합니다. 알아차림을 수행할 때 기쁘고 행복한 감정을 만들 수 있어야 합니다. 불교에서는 고통을 돌보는 방법을 자주 말하지만 기쁨에 대해서도 자주 다룹니다. 수행자는 고통뿐만 아니라 행복을 돌보는 방법도 알아야 합니다. 다섯 번째와 여섯 번째 수행은 기쁨과 행복이 우러나게 하는 것입니다. 일곱 번째 수행은 고통과 통증을 돌보기 위한 것입니다. 이 수행들이 행복을 먼저 말하고 그후에 고통을 다루는 데는 이유가 있습니다. 고통을 변화시킬 만한 힘을 얻기 위해서는 기쁨과 행복이 필요하기 때문입니다.

"숨을 들이쉬며, 나는 유쾌한 감정을 인지한다."

전통적으로 우리는 세 가지 감정이 존재한다고 말합니다. 유쾌한 감정, 불쾌한 감정, 그리고 중성적 감정입니다. 나에게는 네 번째 감정도 있으니 바로 혼합된 감정입니다. 행복과 고통이 섞여 괴로우면서도 즐거운 감정이 되는 것이 그것입니다.

다섯 번째와 여섯 번째 수행은 유쾌한 감정을 인지하기 위한 것입니다. 우리는 유쾌한 감정이 나타나면 그것을 인지할 수 있습니다. 또는 언제라도 유쾌한 감정을 불러일으킬 수 있습니다. 알아차림을 수행하기 때문에 행복한 감정을 인지하는 방법을 알고 있고, 또한 행복한 감정을 만들 수도 있습니다. 알아차림과 삼매와 함께할 때 언제라도 행복한 감정을 만들 수 있습니다.

■ **행복의 조건**

지금 이 순간에도 행복의 조건은 아주 많습니다. 종이 위에 하나하나 써내려갈 수도 있습니다. 처음에는 목록이 그리 길지 않으리라 생각하지만 이미 존재하는 행복의 조건들을 다 담으려면 종이의 양면을 다 채워도 모자란다는 것을 알고 놀랄 것입니다.

몸과 환경을 볼 때 이미 존재하는 행복의 조건들을 수백 개,

수천 개 확인할 수 있습니다. 예를 들면 우리 눈은 행복의 조건입니다. 좋은 상태의 눈을 가지고 있을 때 눈을 뜨기만 하면 천국과도 같은 색채와 형태의 향연을 봅니다. 하지만 시각을 잃으면 좋은 눈을 가지는 것이 경이롭다는 것을 인지합니다. 그러므로 우리의 눈은 이미 행복의 조건입니다. 눈이 좋은 덕분에 우리에게 이 천국이 존재하니까요. 이런 조건을 자각과 함께 접한다면 행복감은 자연히 일어날 것입니다.

우리 삶에는 이런 경이가 셀 수도 없이 많습니다. 예를 들면 심장이 있습니다.

"숨을 들이쉬며, 나는 나의 심장을 자각한다."

우리는 알아차림으로 심장의 존재를 인지합니다.

"숨을 들이쉬며, 나는 나의 심장이 거기 있음을 안다. 그리고 나는 매우 행복하다."

정상 기능을 하는 심장이 있는 것은 대단히 행복한 일입니다. 긴 작업시간이 끝났을 때 우리에겐 휴식을 취할 기회가 오겠지요. 하지만 심장은 일을 멈추는 법이 없습니다. 하루 스물네 시간 우리를 위해 뛰고 있습니다. 심장은 건강하고 우리를 위해 일하고 있습니다. 놀랍지 않습니까. 우리 중에는 건강한 심장을 가지지 못한 사람, 그래서 심장마비나 그 비슷한 응급상태가 올까봐 항상 두려워하는 사람들이 있습니다. 이들의 가장 큰 소원은 우리처럼 정상적인 심장을 갖는 것입니다. 그러므로 숨을 쉬며 우리 심장을 인지하면 또 다른 행복의 조건과 접하는 것입니다.

"숨을 들이쉬며, 나는 나의 심장을 자각한다. 숨을 내쉬며, 나는 감사하는 마음으로 나의 심장에게 웃음을 보낸다."

우리는 또 다른 행복의 조건을 접하고 있습니다. 바로 거기 우리의 몸과 마음속에서 그리고 우리 주변에서 수백 가지의 행복의 조건들을 접할 수 있습니다.

알아차림과 삼매와 함께하면 언제나 행복감을 일으킬 수 있습니다. 우리가 해야 할 일은 그저 자기 자신에게로 돌아오는 일뿐입니다. 그러면 지금 여기 존재하는 행복의 조건들을 인지할 수 있고 그리 되면 바로 행복해집니다. 알아차림을 수행하는 사람은 언제 어디서든 행복할 수 있습니다.

기쁨의 감정과 행복하다는 감정이 일어난다면 그때 우리는 고통스런 감정도 다룰 수 있게 됩니다. 수행을 하지 않는 사람은 고통스런 감정이나 강렬한 감정을 다루는 방법을 모릅니다. 하지만 수행자들은 아프고 강렬한 감정이 올라올 때도 그런 감정의 희생자가 되지 않습니다. 대처법을 아니까요. 행복하다는 또는 고통스럽다는 감정이 올라오면 우리는 그 감정을 그저 있는 그대로 인지합니다. 행복한 감정에 집착하거나 매달리지 않습니다. 그저 지금 일어나고 있는 일을, 즉 행복한 감정을 인지하는 수행을 합니다.

행복을 움켜쥐려고 애쓰지도 밀어내려고 노력하지도 않습니다. 단지 그런 감정의 존재를 인정할 뿐입니다. 고통스런 감정이 올라올 때도 똑같이 합니다. 우리는 그 불쾌한 감정을 움켜쥐거나 싸우거나 억압할 필요가 없습니다. 그저 그 감정의 존재를 인지합니다. 고통스런 감정이 있어도 우리는 자유롭습니다. 감정은 감정일 뿐입니다. 그리고 우리는 감정보다 더 큰 존재입니다. 불쾌한 감정은 말할 것도 없고 유쾌한 감정일지라도 그 감정에 휩쓸려선 안 됩니다. 그저 감정을 인지하기만 하십시오.

■ 수행 5·6 | 기쁨과 행복 인지하기

다섯 번째 수행은 기쁜 감정을 인지하는 것입니다.

"숨을 들이쉬며, 나는 기쁨을 느낀다. 숨을 내쉬며, 나는 기쁨이 거기 있음을 안다."

그리고 여섯 번째 수행은 행복한 감정을 인지하는 것입니다.

"숨을 들이쉬며, 나는 행복을 느낀다. 숨을 내쉬며, 나는 행복이 거기 있음을 안다."

불교의 가르침은 기쁨과 행복이 약간 다르다고 말합니다. 사막을 걷다가 매우 목이 마르지만 마실 것이 전혀 없다고 상상해 봅시다. 그런데 갑자기 저 앞에 오아시스가 보입니다. 그래서 거기에 가면 물을 마실 수 있다는 것을 알게 됩니다. '한 15분 뒤면 나는 거기 도착할 것이고 그럼 나는 물을 마실 수 있다' 그것이 기쁜 감정입니다. 이제 그가 오아시스에 도착하여 무릎을 꿇고 물을 마십니다. 그때 행복감이 느껴집니다. 기쁨과 행복은 약간의 차이가 있습니다. 기쁨 속에는 약간의 흥분이 있습니다. 행복은 만족과 마찬가지로 좀 더 평화로운 감정입니다.

우리는 감정과 느낌 곁에 있어야 합니다. 우리 내면에는 밤낮으로 감정과 느낌의 강물이 흐르고 있습니다. 개개의 감정이나 느낌은 그 강을 이루는 물방울입니다. 하나의 감정이 태어나서 형태화되고, 잠시 머물고 사라집니다. 우리는 감정과 느낌의 강물이 흐르는 강둑에 앉아서 관찰할 수 있습니다. 하나의 감정이 형태화되는 것을 인지하고, 그것이 머무는 동안 보며, 그 감정이 사라지는 것을 지켜볼 수 있습니다. 우리는 그 감정과 자신을 동일화해서는 안 되며 그 감정을 밀쳐내려고 해서도 안 됩니다. 우리는 자유인입니다. 심지어 우리 감정으로부터도 말이지요. 감정을 인지할 수 있도록 수행을 해야 합니다. 알아차림과 함께할 때면 우리는 언제라도 '잘살고 있다' '행복하다'는 감정을 가질 수 있습니다.

일곱 번째 수행은 고통스럽거나 불쾌한 느낌을 인지하는 것입니다.

"숨을 들이쉬며, 나는 고통스런 느낌이 거기 있음을 안다. 숨을 내쉬며, 나는 그 고통스런 느낌을 진정시킨다."

고통은 일종의 에너지입니다. 수행을 하지 않는 사람은 그 고통스런 느낌에 압도당할 수 있습니다. 우리는 몸이나 정서에서 오는 고통스런 느낌의 희생자가 되어버립니다. 큰 고통을 야기하는 강렬한 감정들이 존재하는데, 우리의 심층 의식에서 나타나는 '에너지 구역'입니다.

고통스런 느낌이나 감정이 올라올 때마다 수행자는 그를 다루는 방법을 알아야 합니다. 부처님이 제안하신 방법은 우리 내면에 있는 알아차림의 씨앗과 접하는 것입니다. 우리는 숨 쉬고, 걸으면서 알아차림의 에너지를 생성할 수 있습니다. 그렇게 두 번째 '에너지 구역'을 조성하여 처음 나타났던 에너지인 고통스런 느낌을 돌보게 합니다. 평소에 알아차리면서 숨 쉬고 알아차리면서 걷는 수행을 하여 알아차림과 삼매의 에너지를 생성할 줄 아는 것이 매우 중요합니다. 바로 이 에너지로 고통스런 느낌을 다룰 수 있으니까요.

알아차림과 삼매가 조성하는 두 번째 에너지 구역은 고통스런 느낌을 담은 첫 번째 에너지 구역을 감싸 안습니다. 이 방법을 정확하게 따라야 합니다. 우리는 알아차림과 삼매 에너지와 함께하며 고통스런 느낌을 인지하고 감싸 안습니다.

"안녕, 나의 화여! 안녕, 나의 슬픔아! 나는 네가 거기 있는 것을 알아. 내가 너를 잘 돌봐줄 거야."

거기에는 고통의 에너지가 있고 동시에 알아차림과 삼매의 에너지도 있습니다. 그 긍정적인 에너지가 고통스런 에너지를 감싸 안을 때 효과가 나타납니다. 알아차림의 에너지는 복사열이나 햇빛처럼 고통을 뚫고 들어갑니다. 이른 아침에 연꽃 봉오리는 아직 닫혀 있습니다. 해가 뜨면 햇빛이 꽃잎에 닿기 시작합니다. 햇빛은 연꽃 봉오리를 둘러싸고 빛의 입자는 에너지를 담은 채 연꽃을 관통합니다. 그리고 머잖아 꽃봉오리가 열립니다. 우리가 하는 일도 이와 같습니다. 우리가 고통을 감싸 안을 때, 알아차림과 삼매의 에너지를 이루는 입자들이, 빛의 입자처럼 고통의 구역 속으로 파고들기 시작합니다. 몇 분이 지나면 마음이 편안해집니다. 마치 방이 추울 때 난로를 켜면 복사열이 나오는 것과 같은 이치입니다. 그 복사열은 추위를 쫓아내는 것이 아니라 찬 공기를 감싸 안고 그 안으로 스며드는 것입니다. 그렇게 몇 분이 지나면 공기는 따뜻해집니다. 이 과정에 폭력은 없습니다. 싸움도 없습니다. 그것이 수행자가 하는 일입니다. 알아차림과 삼매는 고통을 감싸 안습니다.

■ **수행 8** | **두려움의 해소**

여덟 번째 수행은 고통스런 감정에서 오는 긴장을 진정시키고 해소하는 것입니다. 즉 감싸 안고 완화하여 해소하는 것입니다.

"숨을 들이쉬며, 나는 마음작용을 진정시킨다. 숨을 내쉬며, 나는 마음작용을 진정시킨다."

이 수행은 이전에 몸에 했던 것과 동일합니다. 먼저 몸의 존재를 인지했고 그 다음에 해소가 왔지요. 감정수행도 마찬가지입니다. 먼저 고통을 인정하면 해소가 뒤따라옵니다. 우리는 감정을 부드럽게 감싸 안고 달래줍니다. 고통이 줄어드는 데 한 2~3분이면 충분합니다. 수행자로서 우리는 고통을 인지하고 감싸 안고 완화해야 합니다. 초심자라서 알아차림의 에너지가 아직 고통을 인지하고 감싸 안는 데 부족하다면 친구의 도움을 받으십시오.

몇 분 동안 인지와 포옹을 받고 나면 고통스런 감정의 에너지 구역이 후퇴하고 그때 우리는 두려움이나 고통의 손아귀에서 놓여나게 될 것입니다. 의식의 심층에서 씨앗 하나가 형태화되어, 하나의 에너지 구역에서 잠시 존재하다가 본래 자리로 씨앗이 되어 돌아간 겁니다. 하지만 알아차림으로 인지와 포옹을 받은 뒤엔 그 힘이 줄어듭니다. 씨앗은 형태화하기 이전보다 조금 약해져서 돌아갑니다. 우리는 이 방법을 압니다. 우리의 고통을 돌보는 방법을 잘 압니다. 고통이 형태화될 때마다 우리는 그것이 드러나도록 해야 합니다. 억지로 내리누르면 안 됩니다. 억압해서도 안 됩니다. 그것이 오도록 해야 하고 그것을 돌보아야 합니다.

걷기명상을 수행할 때, 알아차리는 호흡을 할 때, 우리는 강력한 알아차림 에너지를 생성하고, 그 에너지로 고통과 두려움을 인지하고 감싸 안습니다. 한동안 그리 한 뒤 두려움은 본래 자리로 씨앗이 되어 돌아가는 것을 볼 수 있고 다음 번 두려움이 다시 형태화될 때 이전과 똑같이 하면 된다는 것을 이해할 겁니다. 만성적인 두려움과 불안은 실제로 감소될 겁니다.

수행을 많이 하면 할수록 우리는 두려움을 더 부드럽게 대하며 감싸 안을 수 있고, 그렇게 하면 두려움은 점점 더 많이 사라집니다. 지금 이 순간 속에서 삶을 온전히 두려움 없이 살 수 있습니다. 두려움이 없을 때 우리가 남들과 연결되어 있는 것을 좀 더 명료하게 볼 수 있습니다. 두려움이 없을 때 우리에겐 이해와 자비심을 발휘할 여유가 더 많아집니다. 두려움이 없을 때 우리는 참으로 자유입니다.

마음속 두려움의 뿌리 변화시키기
여덟 가지 호흡 수행

이제 제시하는 여덟 가지 수행은 앞서 언급한 여덟 가지 수행에
이어지는 것입니다. 이 수행들이 우리 마음을 이해하고 미혹을
놓아버리게 하여 우리가 실제의 진면목과 접하고 두려움 없는
삶을 살 수 있게 해줍니다.

■ 수행 1 | 마음의 영역

첫 번째 수행은 마음을 자각하고 마음의 현 상태를 인지하는
것입니다. 첫 번째 수행이 몸의 자각이었고, 일곱 번째 수행이
감정의 자각이었던 것과 동일합니다.

"숨을 들이쉬며, 나는 나의 마음을 자각한다. 숨을 내쉬며, 나
는 나의 마음을 자각한다."

우리 내면에 사고思考의 강이 있고 개개의 사고는 한 방울 물
과 같습니다. 우리는 강둑에 앉아 개개의 사고가 나타났다 사라
지는 것을 관찰합니다. 생각이 일어나면 그저 인지하고, 그 생각
이 잠시 머물다가 사라지는 것을 지켜봅니다. 어떤 생각도 움켜
쥐거나 싸우거나 밀어낼 필요가 없습니다.

두려움이 거기 있으면 우리는 말합니다.

"숨을 들이쉬며, 나는 두려움이라는 마음작용이 내 안에 있음을 안다."

두려움이라는 마음작용이 거기 있을 때 우리는 숨을 들이쉬고, 우리 안에 두려움이 있음을 인지합니다. 알아차림과 삼매와 함께하며 우리는 거기 있는 두려움을 인지하고 감싸 안습니다. 그런 다음에 그 두려움의 참성품을 깊이 볼 수 있습니다.

■ 수행 2 | 행복하고 편안한 마음 갖기

두 번째 수행은 기쁜 마음을 갖는 것입니다.

"숨을 들이쉬며, 나는 마음을 행복하게 한다. 숨을 내쉬며, 나는 마음을 행복하게 한다."

마음을 기쁘게 하는 것은 마음을 강하고 생기 있게 만들기 위함입니다. 이전처럼 기쁨과 행복을 생성하는 수행에다가 여기서는 마음을 재충전하고 활력을 불어넣는 요소를 첨가한 겁니다.

불교심리학에서는 마음에 최소 두 개의 층이 있다고 합니다. 아래층은 저장식이라 불리는데 온갖 마음작용의 씨앗이 다 들어 있습니다. 우리가 하나의 씨앗을 접하여 물을 주게 되면 그것이 마음식 안에 마음작용으로 형태화됩니다. 마음을 기쁘게 하려면 '선택적 물주기'라는 수행을 해야 합니다.

첫째, 우리는 부정적 씨앗들이 저장식 안에서 잠을 자게 하고 이들이 형태화되지 못하도록 합니다. 너무 자주 형태화되면 그들의 기반이 더욱더 강화됩니다.

둘째, 부정적인 씨앗 하나가 마음식 안에서 형태화되면 가능한 한 빨리 이전에 씨앗 형태로 잠을 재우든 저장식 속으로 돌아가게 합니다.

셋째, 마음식 안에 건강한 마음작용이 형태화되도록 독려합니다.

넷째, 좋은 마음작용이 형태화되면 가능한 한 거기 오래 머물도록 합니다. 나날을 살아가며 건강한 마음작용의 씨앗을 하루에도 여러 번 접하고 그 씨앗에 물을 주어야 합니다. 저장식 속에는 이전에 형태화될 기회가 없었던 좋은 씨앗들이 있습니다. 이제 우리가 그 씨앗들에게 기회를 주는 것입니다.

■ 수행 3 ┃ 마음 집중하기

세 번째 수행은 마음을 집중하여 삼매를 얻는 것입니다. 삼매는 통찰의 지혜를 얻기 위해 수행합니다.

"숨을 들이쉬며, 나는 마음을 집중한다. 숨을 내쉬며, 나는 마음을 집중한다."

삼매는 번뇌를 태워버리는 힘이 있습니다. 마치 렌즈로 모인 햇빛이 아래쪽에 놓인 검은 종이를 태워버리는 것과 같습니다. 마찬가지로 두려움, 화, 미혹과 절망을 깊이 바라보는 삼매는 이런 것들을 태워버리고 통찰지만 남겨둡니다.

삼매수행의 하나로 공성에 대한 삼매, 영속적 실체가 없다는 것에 대한 삼매가 있습니다. 공성을 이해하는 것은 어렵지 않고 또 공성이 사실이지만 우리는 그런 방식으로 생각하는 데 익숙하지 않습니다. 그런 시각을 가지려면 수행이 필요합니다. 그래야 사물을 깊이 보고 궁극적으로 이들의 성품이 비어 있음을 알게 됩니다.

과학자들은 모든 사물이 중심의 핵은 아주 작고 대부분 공간으로 이루어져 있으므로, 꽃이나 탁자에 들어 있는 물질의 양은 무에 가깝다고 합니다. 탁자 하나에 들어 있는 물질을 다 합치면 소금 한 알보다도 작을 거라고도 합니다. 우리는 그것이 진리임을 알지만 일상생활에서는 탁자를 여전히 크고 굳건한 것으로 생각합니다. 과학자들이 소립자의 세계로 들어오면 사물이 서로 분리되어 존재하는 것으로 보는 습관적 사고방식을 놓아버려야만 합니다. 그때 물질의 세계에서 실제로 일어나는 일이 무엇인지 이해할 가능성이 있습니다. 과학자들조차도 훈련이 필요합니다. 그러니 우리도 일상생활에서 그렇게 보기 위해선 수행과 훈련이 필요합니다.

삼매란 오랜 기간 통찰지가 살아 있는 것을 의미합니다. 단지 섬광에 그치는 것이 아닙니다. 그 정도로는 우리가 해탈하지 못합니다. 그래서 일상생활에서 무아, 공성, 무상의 통찰지를 계속 살아 있게 하는 것입니다. 사람 하나, 새 한 마리, 나무 한 그루, 바위 하나를 볼 때 그 비어 있는 성품을 봅니다. 그때 그것은 우리를 해탈시킬 통찰지가 되는 것입니다. 이것은 공성의 의미를 생각하는 것과 매우 다릅니다. 우리 자신과 남들에게서 참으로 공성을 보아야 합니다. 통찰지가 있으면 더 이상 두렵지 않고, 더 이상 얽매이지 않고 더 이상 분리와 분별의 희생자가 되지 않습니다. 만물이 연결된 상호유기성을 보았기 때문입니다. 깊은 명상 속에서 무엇이든 곁에 있는 것의 참성품을 깊이 볼 때 우리는 그 안에서 상호유기적인 삶의 성품과 접할 수 있습니다. 그것이 꽃이든 부처든 사람이든 나무든, 공성과 상호유기적 성품과 접하고 그때 비로소 '하나는 모든 것을 포함한다'는 것을 알게 됩니다.

■ **수행 4** | **마음 해탈하기**

네 번째 수행에서는 번뇌와 개념에서 마음을 자유롭게 합니다. "숨을 들이쉬며, 나는 마음을 해탈시킨다. 숨을 내쉬며, 나는 마음을 해탈시킨다."

우리 마음은 두려움, 화, 슬픔, 분별 등의 번뇌로 칭칭 묶여 있습니다. 우리는 두려움과 고통을 자각하는 수행을 했지만 이것을 완전히 변화시키려면, 그래서 그 구속성에서 놓여나려면 삼매의 힘이 필요합니다.

우리가 할 수 있는 삼매 수행은 여러 가지가 있습니다. 그중 하나가 무상에 대한 삼매입니다. 우리는 무상의 개념을 압니다. 우리가 사물이 무상하다는 것을 받아들이고 동의한다 해도 무상의 개념은 여전히 거기 남아 우리가 사물을 어떻게 보고 일상생활에서 어떻게 행동하는지 결정합니다.

지적 차원에서는 사랑하는 사람의 무상함을 알지만 일상생활에서는 사랑하는 사람이 언제나 거기 있을 것처럼, 우리가 항상 지금과 똑같은 사람으로 살 것처럼 행동합니다. 하지만 강물처럼 만물은 순간순간 변화합니다. 그 사람을 다시 만났을 때, 20년 전의 그 사람을 접하고 있을 뿐, 이제는 생각하고 느끼는 방식이 달라진 지금 이 순간의 그 사람을 접할 수 없습니다. 그래서 우리는 무상의 성품을 접하기 위해 무상에 대해 명상합니다. 우리에게는 무상의 개념이 아니라 무상 자체에 대한 삼매가 필요합니다. 무상의 개념은 우리를 해탈시키지 못합니다. 우리를 해탈시키는 것은 무상에 대한 통찰지입니다. 그것은 개념과는 전혀 다른 어떤 것입니다.

처음에는 가르침을, 즉 무상의 개념을 무상에 대한 통찰지를 얻는 도구로 사용할 수 있습니다. 이는 마치 성냥과 불의 관계와 같습니다. 성냥은 불이 아니지만 불을 생성할 수 있습니다. 그리고 불이 있을 때 그 불은 성냥을 태워버립니다. 우리에게 통찰지가 있을 때 그 통찰지는 개념을 불태워버립니다. 해탈을 위해 우리에게 필요한 것은 무상의 통찰지입니다.

■ 인식

마지막 네 가지 수행으로 마음이라는 대상의 참성품을 관찰합니다. 즉 우리가 어떻게 사물을 인식하느냐에 관한 것입니다. 이런 삼매를 통해 세상과 실제에 대한 바른 인식을 얻게 됩니다. 여전히 많은 사람들이 의식은 우리 내부에 있고 대상 세계는 저 밖에 있다는 개념에 매어 있습니다. 우리 의식은 여기에 있고, 그리고 저 밖에 있는 대상세계로 나아가 그것을 이해하려 한다고 믿고 있습니다. 하지만 상호유기성의 시각으로 사물을 볼 때, 의식의 주체와 객체는 독립적으로 존재할 수 없다는 것을 알게 됩니다. 마치 왼쪽과 오른쪽처럼, 하나가 없이는 다른 하나도 존재하지 않는 것입니다.

무언가를 인식할 때마다, 그것이 펜이든 꽃이든, 인식의 대상과 인식의 주체는 항상 동시에 나타납니다. 의식이 있을 때 우리는 늘 무언가를 의식합니다. 알아차릴 때를 보더라도 우리는 늘 무언가를 알아차리고 있습니다. 생각할 때도 항상 무언가를 생각합니다. 그러므로 주체와 객체는 항상 동시에 출현합니다.

■ 수행 5 | 무상

다섯 번째 수행은 무상에 대한 삼매로서, 마음을 해탈시키는 이전 수행을 설명하는 예로서 이미 자세히 묘사했습니다.

"숨을 들이쉬며, 나는 만물의 무상한 성품을 관찰한다. 숨을 내쉬며 나는 만물의 무상한 성품을 관찰한다."

무상에 대한 삼매는 한 종류의 삼매입니다. 하지만 이 하나를 잘 수행하면 다른 삼매 수행들도 동시에 성공시키는 것입니다. 무상으로 깊이 들어가면 무아, 공성, 상호유기성을 발견합니다. 그러므로 무상은 모든 삼매를 대표합니다. 숨을 들이쉬고 내쉬면서 무상에 대한 삼매를 가능한 한 오래 생생하게 유지하다보면 실제의 본질을 관통할 수 있습니다. 관찰 대상은 꽃 한 송이, 조약돌 하나, 우리가 사랑하는 사람 또는 싫어하는 사람이 될 수도 있고 또 우리 자신, 고통, 두려움, 슬픔이 될 수도 있습니다. 여기서 우리의 의도는 이 대상들 안에서 무상의 성품과 접하는 것입니다.

■ 수행 6 | 갈애 놓아버리기

여섯 번째 수행은 무욕을 숙고하는 것입니다.

"숨을 들이쉬며, 나는 욕망이 사라지는 것을 관찰한다. 숨을 내쉬며, 나는 욕망이 사라지는 것을 관찰한다."

저장식과 그 위층에 있는 마음식 사이에 또 하나의 의식이 있는데, 그것을 '생각식(말라식)'이라고 합니다. 생각식은 저장식에서 태어나고 마음식의 토대 역할을 합니다. 생각식에는 망상이 많이 들어 있어 움켜쥐려는 특성을 가지고 있습니다. 바로 이 생각식이 우리로 하여금 즐거움을 찾되 거기 수반되는 위험을 무시하게 만듭니다. 원초적 두려움과 욕망을 담는 것도 이 생각식입니다. 무상에 대한 숙고는 생각식에 들어 있는 미망이 지혜로 바뀌게 할 수 있습니다. 우리가 갈망하는 대상을 깊이 보고 그 참성품을 보는 겁니다. 우리가 갈망하는 대상은 우리의 몸과 마음을 파괴할 능력을 가진 사물이나 사람입니다. 우리가 욕망하는 것과 소비하는 것을 깊이 보는 일은 중요한 수행입니다. 매일 우리 몸과 마음에 들어오는 것이 집착, 두려움, 폭력을 먹여 살리고 있는지도 모릅니다.

■ 수행 7 | 열반

"숨을 들이쉬며, 나는 소멸을 관찰한다. 숨을 내쉬며, 나는 소멸을 관찰한다."

일곱 번째 수행에서는 소멸 또는 모든 개념이 끝나는 열반을 관찰하여 실제를 있는 그대로 접할 수 있게 합니다. 그런 다음에는 우리의 상호유기적 성품을 접하며 우리가 전 우주의 일부임을 압니다. 실제 참면목은 모든 개념과 관념을 초월하고 여기에는 생사, 유무, 거래 개념도 포함됩니다. 생사의 개념은 두려움, 불안, 고뇌의 원천이 될 수 있습니다. 실제의 무생무사를 보면 두려움과 불안에서 놓여날 수 있습니다.

■ **수행 8 | 놓아버리기**

"숨을 들이쉬며, 나는 놓아버리기를 관찰한다. 숨을 내쉬며, 나는 놓아버리기를 관찰한다."

이 수행은 깊이보기를 하여 갈애, 증오, 두려움을 놓아버릴 수 있게 해줍니다. 이런 삼매는 실제의 진면목을 접하도록 해주어 두려움, 화, 절망에서 해탈시키는 지혜를 가져다줍니다. 우리는 실제에 대한 잘못된 인식을 놓아버려 자유로워집니다. 열반은 글자 그대로 식히기 또는 불끄기를 의미합니다. 불교에서 열반은 잘못된 인식이 초래한 번뇌의 소멸을 가리킵니다. 열반은 우리가 가는 장소도 아니고 미래에 속한 것도 아닙니다. 열반은 실제의 참성품, 있는 그대로의 사물입니다. 열반은 지금 여기에 있습니다. 우리는 이미 열반 속에 있습니다. 우리는 열반입니다. 파도가 이미 물이듯이 말입니다.

우리의 참성품은 시작도 없고 끝도 없으며, 태어남도 없고 죽음도 없습니다. 우리의 참성품을 접하는 법을 안다면 더 이상 두려움이나 화, 절망은 없을 겁니다. 우리의 참성품은 열반입니다. 그러므로 누군가 가까운 사람이 방금 돌아가셨다면 그 사람의 새로운 형태화 속에서 그 사람을 꼭 찾아보십시오. 그 사람이 소멸하는 것은 불가능합니다. 그는 여러 방식으로 연속합니다. 지혜의 눈을 사용하면 우리 주변과 우리 안에서 그 사람을 알아볼 수 있습니다. 그리고 그 사람과 계속 이야기도 할 수 있습니다.

"사랑하는 분이시여, 나는 당신이 새로운 형태로 여전히 거기 있음을 알고 있어요. 당신이 소멸하는 것은 불가능합니다."

여덟 번째 수행은 우리가 허상을 놓아버리고 실제의 참모습과 접하게 해줍니다. 우리는 자유를 얻고 마음은 편안해지며 많은 행복을 느낍니다.

계속 배우고 수행하고 토론을 해야 우리의 이해가 자랄 수 있습니다. 지금 이 순간 속에 머물면 삶의 모든 것을 관찰하는 일에 매우 많은 관심을 가진 자신을 발견할 겁니다. 수많은 경이로운 것들과 경이로운 방식의 수행을 발견할 겁니다. 그렇지만 이것이 생각 속에 빠지는 것을 의미하지는 않습니다. 단지 우리가 실제 있는 그대로 관찰하고 그 참성품을 발견한다는 의미입니다.

우리는 과거와 죽음을 두려워하고, 자기를 잃어버리거나 정체성을 상실할지도 모른다는 등의 많은 것을 두려워하며 삽니다. 이 여덟 개의 수행들은 처음에 수록한 여덟 개의 수행들과 함께 통찰지를 가져와 실제의 궁극적 차원을 접할 수 있게 합니다. 그리하여 두려움에서 자유롭게 해줍니다. 우리가 존재하는 방식과 우리가 얻은 통찰지를 남들과 나눌 때 비로소 우리는 그들에게 세상에서 가장 큰 선물인 두려움 없는 삶을 줄 수 있게 됩니다.

두려움과 스트레스를
줄여주는 깊은 이완

두려움은 우리 몸 안에 쌓여 스트레스와 긴장을 유발합니다. 휴식은 치유의 전제조건입니다. 숲에 사는 동물이 상처를 입으면 누울 만한 장소를 찾아 거기서 여러 날 쉬며 완전한 휴식을 취합니다. 이때 동물은 먹이나 여타 생각을 하지 않습니다. 그저 쉽니다. 그렇게 하면 자연스럽게 몸이 치유되는 것입니다. 인간의 경우 두려움이나 스트레스가 심하면 약국에 가서 약을 사긴 하나 이리저리 돌아다니는 것을 중지할 정도로 지혜롭진 않습니다. 우리는 자신을 돕는 방법을 모릅니다.

깊은 이완은 몸이 휴식을 취하고 치유하여 회복할 수 있게 합니다. 우리는 몸을 이완하고, 우리의 주의력을 몸의 각 부위에 차례로 보내며 세포 하나하나마다 사랑과 보살핌의 감정을 보냅니다. 최소한 하루 한 번은 몸의 깊은 이완을 수행해야 합니다. 시간은 20분이나 그 이상이어야 합니다. 밤이나 아침에 침대에 누워서 해도 됩니다. 언제라도 편할 때 하면 되고, 장소는 거실이든 어떤 공간이든 몸을 눕히고 남의 방해를 받지 않는 곳이면 됩니다. 또 앉은 자세에서도, 예를 들면 사무실 책상에서도 할 수 있습니다.

불안과 두려움으로 밤에 잠이 안 온다면 깊은 이완이 도움이 됩니다. 자리에 누워서 깊은 이완수행을 즐기며 들숨과 날숨을 지켜볼 수 있습니다. 때로는 잠을 좀 자는 것이 도움이 됩니다. 하지만 잠을 자지 않더라도 깊은 이완수행은 자양분을 공급하고 우리가 쉴 수 있도록 도와줍니다. 쉬는 것은 매우 중요합니다. 만약 잠을 자면서 악몽이나 험한 꿈을 많이 꾸는 사람이라면 수면보다 깊은 이완수행이 더 큰 휴식을 줄 수도 있습니다.

집단으로 깊은 이완수행을 하는 경우 한 사람이 다음에 수록한 수행문을 신호로 읽어주거나 이를 약간 변형해 사용해도 됩니다. 혼자서 깊은 이완수행을 할 경우에는 수행문을 읽으면서 이완하거나 또는 녹음을 해놓고 사용합니다.

■ 깊은 이완수행

팔을 몸 옆으로 놓고 똑바로 눕습니다. 심신을 편안히 합니다. 몸이 이완하도록 합니다. 등 아래 바닥을 자각합니다. 몸이 바닥과 닿는 것도 자각합니다. (낭독자는 여기서 잠시 읽기를 멈추고 숨을 쉽니다) 나의 몸이 바닥 속으로 가라앉습니다. (숨을 쉽니다)

나의 호흡을 자각합니다. 들이쉬고 내쉬고…… 숨을 쉴 때마다 아랫배가 올라갔다 내려가는 것을 자각합니다. (숨을 쉽니다)

올라가고…… 내려가고…… 올라가고…… 내려가고…… (숨을 쉽니다)

숨을 들이쉬며 내 자각을 눈으로 가져갑니다. 숨을 내쉬며 눈을 이완하도록 합니다. 머리 뒤쪽으로 눈이 가라앉도록 합니다…… 눈 주변 작은 근육들에 있는 모든 긴장을 밖으로 내보냅니다…… 눈은 내게 행태와 색채의 낙원을 볼 수 있게 합니다…… 이제 눈이 쉬도록 합니다…… 눈에게 사랑과 감사를 보냅니다…… (숨을 쉽니다)

자신에게 말해줍니다.
"숨을 들이쉬며, 나는 내 눈을 자각한다. 숨을 내쉬며, 나는 내 눈에게 웃음을 보낸다."

숨을 들이쉬며, 자각을 입으로 가져갑니다. 숨을 내쉬며, 입이 이완하도록 합니다. 입 주위의 긴장을 내보냅니다…… 입은 꽃잎입니다…… 입술에 온화한 미소가 피어나게 합니다…… 웃음은 우리 얼굴의 수십 개 근육에서 긴장을 내보냅니다. 뺨에서 긴장이 나가는 것을 느낍니다. 턱에서도…… 목에서도…… (숨을 쉽니다)

숨을 들이쉬며, 자각을 어깨로 가져갑니다. 숨을 내쉬며, 어깨가 이완하도록 합니다. 어깨가 바닥 속으로 가라앉도록 합니다…… 쌓인 모든 긴장이 바닥 속으로 흘러가도록 합니다……
나는 어깨에 아주 많은 짐을 지고 다닙니다…… 이제 어깨를 돌
보며 어깨가 이완하도록 합니다. (숨을 쉽니다)

숨을 들이쉬며, 두 팔을 자각합니다. 숨을 내쉬며 두 팔을 이
완시킵니다. 두 팔이 바닥 속으로 가라앉도록 합니다…… 위
팔…… 팔꿈치…… 아래 팔…… 팔목…… 손…… 손가락……
모든 작은 근육들…… 근육이 이완하는 데 필요하다면 손가락
을 약간 움직여도 좋습니다. (숨을 쉽니다)

숨을 들이쉬며, 자각을 심장으로 가져갑니다. 숨을 내쉬며, 심
장이 이완하도록 합니다. (숨을 쉽니다) …… 오랫동안 일하고 먹
고 불안과 스트레스를 관리하면서 나는 심장을 소홀히 했습니
다. (숨을 쉽니다) …… 내 심장은 밤낮으로 나를 위해 뜁니다. 알
아차림과 애정으로 심장을 감싸 안으며 심장과 화해하고 심장을
돌봅니다. (숨을 쉽니다)

숨을 쉬면서 이렇게 말합니다.

"숨을 들이쉬면서, 나는 심장을 자각한다. 숨을 내쉬면서, 나
는 심장에 웃음을 보낸다."

숨을 들이쉬면서 자각을 다리로 가져갑니다. 숨을 내쉬면서
두 다리를 이완시킵니다. 다리에 쌓인 모든 긴장을 내보냅니
다…… 허벅지에서도…… 무릎에서도…… 종아리에서도……

발목에서도…… 발에서도…… 발가락에서도…… 발가락에 있는 모든 작은 근육들에서도…… 필요하다면 발가락을 약간 움직여도 좋습니다…… 발가락에게 사랑과 보살핌을 보냅니다. (숨을 쉽니다)

숨을 들이쉬면서, 숨을 내쉬면서…… 내 몸 전체가 가벼워집니다…… 마치 물 위에 떠 있는 부초 같습니다…… 나는 아무 데도 갈 데가 없습니다…… 할 일도 없습니다…… 나는 하늘을 떠다니는 구름처럼 자유롭습니다…… (숨을 쉽니다)

자각을 다시 호흡으로 가져갑니다…… 아랫배가 올라갔다가 내려갑니다. (숨을 쉽니다)

호흡을 따라가면서 팔과 다리를 자각합니다…… 팔다리를 약간 움직이며 쭉 펴봅니다. (숨을 쉽니다)

잠자기 전에 이 수행을 한다면 계속 호흡을 따라갑니다. 들이쉬고, 내쉬고……

낮 동안 쉬는 시간에 이 수행을 한다면 준비가 되었을 때 천천히 일어나 앉습니다. (숨을 쉽니다)

준비가 되면 천천히 일어납니다.

거기 서서 다음 활동을 하기 전에 잠시 시간을 내어 자신의 호흡을 자각합니다.

두려움의 손아귀에 사로잡힌다면 우리는 마음을 닫아버립니다. 자비롭거나 너그러울 수가 없습니다. 남들을 사랑하려면 먼저 자신을 온화하게 사랑으로 대해야 합니다. 이 명상은 우리가 먼저 자신을 받아들이고, 행복과 고통을 동시에 받아들이고, 그런 다음 남들에게도 행복을 빌어줄 수 있게 해줍니다.

자애명상을 할 때는 먼저 다음과 같은 염원으로 시작합니다.

"두려움에서 자유로워지기를!"

우리는 온 존재를 동원하여 깊이보기를 수행하여 자신을 이해하려 합니다. 그런 다음에는 남들이 잘 되기를 염원합니다.

"그 사람이 두려움에서 자유롭기를! 그들이 두려움에서 자유롭기를!"

단지 말만 되풀이하거나 남들의 흉내를 내거나 어떤 이상을 좇아서는 안 됩니다. 그저 앵무새처럼 이렇게 말하는 게 아닙니다.

"나는 나를 사랑해. 나는 모든 존재를 사랑해."

거기에 마음을 담아야만 합니다.

수행을 할 때는 우리가 이미 가지고 있는 평화와 행복과 가벼운 마음이 얼마나 큰지를 관찰합니다. 어떤 사고나 불행 때문에 불안한지 알아차리고, 우리 안에 두려움과 걱정이 얼마나 쌓여 있는지 자각합니다. 내면의 감정을 자각하게 되면 자신에 대한 이해가 깊어집니다. 우리는 두려움이 어떻게 우리의 불행에 기여하는지를 보고 또 자신을 사랑하는 것의 가치, 자비로운 마음을 닦는 것의 가치를 보게 됩니다.

■ **자애수행**

이 명상은 5세기경 부처님의 가르침을 체계화하여 붓다고사가 지은 《청정도론》에서 인용하여 변형한 것입니다.

조용히 앉아 우리의 몸과 호흡을 진정시키고 다음 염원을 염송합니다.

> 내가 평화롭고 행복하며, 몸과 마음이 가볍기를.
> 내가 안전하며 다치지 않기를.
> 내가 두려움, 불안, 화, 번뇌에서 자유롭기를.

이를 수행하는 데는 앉은 자세가 좋습니다. 고요히 앉으면 다른 일 때문에 마음을 빼앗기지 않기 때문에 자신을 있는 그대로

깊이 볼 수 있고, 자신에 대한 사랑을 기르며 이 사랑을 이 세상
에 표현하는 최선의 방법을 결정할 수 있습니다.

이렇게 수행한 뒤에 이 염원을 다른 사람들에게도 보냅니다.

> 그 여자가 평화롭고 행복하며, 몸과 마음이 가볍기를.
>
> 그 남자가 평화롭고 행복하며, 몸과 마음이 가볍기를.
>
> 그들이 평화롭고 행복하며, 몸과 마음이 가볍기를.
>
> 그 여자가 안전하며 다치지 않기를.
>
> 그 남자가 안전하며 다치지 않기를.
>
> 그들이 안전하며 다치지 않기를.
>
> 그 여자가 두려움, 불안, 화, 번뇌에서 자유롭기를.
>
> 그 남자가 두려움, 불안, 화, 번뇌에서 자유롭기를.
>
> 그들이 두려움, 불안, 화, 번뇌에서 자유롭기를.

먼저 우리가 좋아하는 사람에게 이 염원을 보내고, 다음에는
우리가 좋아하지도 싫어하지도 않는 사람에게 보내고, 마지막으
로 생각만 해도 고통스러운 사람에게 보내십시오.

실질적으로 이 수행을 하기 위해서는 자신과 행복을 빌어주는
사람들을 눈앞에 온전히 그릴 수 있어야 합니다. 부처님은 인간
이 '오온五蘊'이라 불리는 다섯 가지 요소로 이루어져 있다고 하

셨습니다. 그 다섯 가지는 형태(색), 감정(수), 인식(상), 마음작용(행), 의식(식)이라고 했습니다. 어떻게 보면 우리는 측량사이고, 이 요소들은 우리가 측량할 영역입니다.

자애수행을 시작할 때는 먼저 자신의 몸을 깊이 들여다봅니다. 몇 가지 질문을 해보십시오. 지금 이 순간 내 몸은 어떠한가? 과거에 내 몸은 어떠했나? 미래에 내 몸은 어떠할까?

나중에 좋아하는 사람, 좋아하지도 싫어하지도 않는 사람, 싫어하는 사람에 대해 명상을 할 때도 역시 그 사람의 신체적 측면을 바라보며 시작합니다. 숨을 들이쉬고 내쉬며 그의 얼굴을 눈앞에 그려봅니다. 걷는 모습, 앉거나 말하는 모습을 그려봅니다. 그의 심장, 폐, 신장 등 몸에 있는 기관들을 그려봅니다. 지금 그린 모습의 세세한 부분까지 자각할 수 있게 충분한 시간을 사용합니다. 하지만 항상 시작은 자기 자신에게서 합니다. 자신의 오온을 분명히 볼 수 있을 때 이해와 사랑이 자연스럽게 일어나고, 그때 우리는 무엇을 해야 하고 무엇을 하지 말아야 할지 알게 됩니다.

우리 자신의 감정을 관찰합니다. 지금 유쾌한지 불쾌한지, 아무런 느낌이 없는지…… 감정은 강물처럼 내면에서 흐르고 개개의 감정은 그 강 속에 한 방울 물입니다. 자신의 감정이라는 강물을 들여다보고 개개의 감정이 어떻게 있게 되었는지 보십시오. 무엇이 우리를 행복하지 못하게 했는지 보시고 최선을 다해 그것들을 변화시키십시오. 우리 안에 그리고 이 세상에 이미 존재하는 경이롭고, 신선하고, 치유적인 요소들을 접하는 수행을 하십시오. 그리 할 때 우리는 더욱 강해지고 자신과 남을 더욱 사랑할 수 있게 됩니다.

부처님께서 관찰했습니다.

"이 세상에서 가장 고통을 많이 받는 사람은 잘못된 인식을 많이 가진 사람이다. 그런데 우리 대부분의 인식에는 오류가 많다."

어둠속에 뱀을 보고 공포에 질렸는데 친구가 플래시를 비추니 단지 로프였음을 알게 됩니다. 우리는 어떤 잘못된 인식이 고통을 초래하는지 알아야 합니다. 자애명상은 맑고 침착하게 사물을 보게 해주어 인식의 방식을 향상시켜줍니다.

다음에는 자신의 마음작용, 즉 우리로 하여금 지금처럼 말하고 행동하게 하는 내면의 관념이나 성향을 관찰합니다. 우리가 개인의식에 영향을 받는 동시에 가족, 조상, 사회 등 집단의식의 영향도 받는 점에 주목하기 바랍니다.

마지막으로 자신의 의식을 보십시오. 불교에서 의식은 온갖 종류의 씨앗을 다 담고 있는 밭과 같다고 합니다. 그 안에는 사랑과 기쁨, 평정심의 씨앗도 있고 화, 두려움, 불안의 씨앗도 있고 알아차림의 씨앗도 있습니다. 의식은 이 모든 씨앗을, 우리 마음속에서 일어날 수 있는 모든 가능성을 다 담고 있는 저장고입니다. 자애명상은 평화, 기쁨, 사랑의 씨앗이 마음식 속으로 에너지 구역 형태로 들어오게 하여 두려움의 씨앗을 변화시킵니다.

다섯 가지
알아차림 수행

'다섯 가지 알아차림 수행'은 일상생활에서 알아차림을 구체적으로 실행해볼 수 있게 합니다. 다섯 가지 알아차림을 수행하면 바른 견해(정견)가 길러지고 차별, 비관용, 화, 두려움, 절망 등을 없앨 수 있습니다. 다섯 가지 알아차림 수행에 따라 산다면 이미 우리는 보살의 길에 들어선 것입니다. 우리가 그 길에 있는 것을 안다면, 미래에 대한 두려움이나 지금 삶에 대한 혼란 때문에 길을 잃지는 않을 겁니다.

■ **수행 1** | **생명 존중**

생명의 파괴가 가져오는 고통을 자각하기에, 나는 상호유기적인 삶의 통찰지를 힘써 닦을 것이며 또한 사람과 동물의 생명을 보호하는 방법을 힘써 배울 것이며, 식물과 광물 자원도 힘써 보존할 것이다. 살생을 하지 않을 것이며, 살생을 허용치도 않을 것이며, 세상에서나 나의 생각에서나 또는 내 삶의 방식에서 어떤 살생 행위도 지지하지 않을 것이다. 화, 두려움, 탐욕, 비관용에서 우러나는 유해한 행위를 보고, 그 행위가 이원적이고 차별적인 사고에서 옴을 보고, 개방성, 무차별, 관점에 대한 무집착

을 닦아 내 안과 세상에 있는 폭력, 광신, 독단주의를 변화시킬
것이다.

착취, 사회적 불의, 도적질, 탄압이 초래하는 고통을 자각하기
에, 나는 생각과 말과 행동에서 관용을 실천할 것이다. 남의 소유
물을 절대 훔치지도 가지지도 않을 것이다. 시간, 에너지, 물적
자원은 그것이 필요한 사람들과 나눌 것이다. 깊이보기를 수행하
여 남들의 행복과 고통은 나의 행복 및 고통과 분리되어 있지 않
음을 알 것이며, 참행복은 이해와 자비 없이는 불가능함을 알 것
이며, 부와 명성, 권력과 감각적 쾌락을 좇는 것은 많은 고통과
절망을 가져옴을 알 것이다. 행복은 외적 조건이 아니라 마음자
세에 달렸음을 자각하며, 지금 이 순간 그저 나에게 충분 그 이상
의 행복의 조건이 있음을 기억하고 행복하게 살 수 있음을 자각
할 것이다. 나는 지구 위에 사는 생명의 고통을 줄이는 일을 힘써
선택할 것이며, 지구온난화의 방향을 힘써 돌려놓을 것이다.

부적절한 성행위가 가져오는 고통을 자각하기에, 나는 책임감
을 기르고 개인과 부부와 가족과 사회를 보호하는 방법을 힘써

배울 것이다. 성욕은 사랑이 아님을 알고, 또한 갈애에서 비롯한 성행위가 언제나 나와 남에게 피해를 준다는 것을 알기에 참사랑 없이는 그리고 가족과 친구의 입회하에 성립된 깊고 장기적인 관계가 아니면 성행위를 결코 하지 않을 것이다.

어린이를 성적 학대로부터 보호하기 위해, 그리고 부부와 가족이 부적절한 성행위로 인해 피해를 입지 않도록 하기 위해 내 힘이 닿는 한 모든 일을 할 것이다. 몸과 마음이 하나임을 알기에 성 에너지를 돌보는 적절한 방법을 힘써 배울 것이며, 친절과 자비, 기쁨과 인내, 포용 및 참사랑을 구성하는 모든 요소들을 힘써 닦아 나와 남들이 더 크게 행복하도록 할 것이다. 참사랑을 실천할 것이며 우리가 아름답게 미래로 연속됨을 이해할 것이다.

■ 수행 4 | 사랑이 담긴 말과 깊이듣기

부주의한 말과 듣지 않는 행위가 일으키는 고통을 자각하기에, 나는 사랑이 담긴 말과 자비로운 듣기를 힘껏 수행하여 내 내면과 사람들 사이에, 민족 집단과 종교 집단과 국가들 사이에 고통을 완화하고 화해를 증진시킬 것이다. 말이 행복이나 고통을 야기함을 알기에 자신감, 기쁨, 희망을 고취시키는 말을 사용하여 진실되게 말할 것이다. 내 안에서 화가 형태화되었을 때는 결코 말을 하지 않을 것이다. 나는 알아차리는 호흡과 걷기를 힘껏 수행하여 나의 화를 인지하고 깊이 볼 것이다. 화의 뿌리가 내 잘못된 인식과, 타인의 고통에 대한 이해 부족에서 찾을 수 있다는 것을 이해할 것이다. 나와 타인이 고통을 변화시키고 어려운 상황에서 출구를 찾을 수 있도록 말을 하고 들을 것이다. 확실히 알지 못하는 소식을 결코 퍼뜨리지 않을 것이며, 불화나 분열을 조장할 만한 말을 하지 않을 것이다.

부지런히 수행하고 기쁘고 지혜롭게 수행하여 이해하고 사랑하고 포용하는 능력에 자양분을 공급할 것이며, 그리하여 내 의식 깊은 곳에 들어 있는 화, 폭력, 두려움을 점진적으로 변화시킬 것이다.

■ 수행 5 | 자양분과 치유

부주의한 소비가 가져오는 고통을 자각하기에, 나는 알아차림 속에서 먹고 마시고 소비하기를 수행하여 나와 가족과 사회를 위해 신체와 정신 모두 건강하게 할 것이다. 내 소비방식에 깊이 보기를 수행할 것이다. 내가 무엇을 먹고 감각을 통해 무엇을 소비하는지 자각할 것이며, 내 의식 안에서 어떤 의도와 정신 상태를 키우고 있는지도 자각할 것이다. 결코 도박을 하지 않을 것이며, 술이나 마약 또는 독소를 함유한 상품에 탐닉하지 않을 것이다. 여기에는 텔레비전 프로그램, 영화, 잡지, 책, 대화도 포함된다. 지금 이 순간으로 돌아와 나와 내 주변에 있는 신선하고 치유적이며 자양분이 가득한 요소들과 접할 것이며, 후회나 슬픔이 나를 과거로 끌고 가도록 허락하지 않을 것이다. 불안이나 두려움, 갈애가 내 주의를 지금 이 순간에서 앗아가도록 허락하지도 않을 것이다. 지나친 소비에 빠져 외로움이나 불안감 또는 다른 고통을 결코 은폐하려고 하지 않을 것이다. 나는 상호유기적인 삶을 명상하고, 내 몸과 의식 안에 그리고 나의 가족과 사회와 지구라는 집단의 몸과 의식 안에 평화, 기쁨, 행복을 보존하는 방식으로 소비를 할 것이다.

다섯 가지
자각

'다섯 가지 자각'은 사랑하는 사람과 함께 알아차림을 수행하도록 해줍니다. 이 자각을 염송하면 어려운 시기에 서로가 서로에게 더 많은 지원과 힘이 됩니다. 이 자각수행은 결혼을 할 때도 좋지만, 수행 속에서 서로를 지원해야 하는 관계에서도 좋습니다. 다섯 가지 자각은 어떤 사랑의 관계도 더 강해지고 더 오래 가도록 해줍니다.

1. 우리는 모든 조상 세대와 모든 미래 세대가 우리 안에 있음을 자각한다.

2. 우리는 조상과 자녀 그리고 그들의 자녀가 우리에게 거는 기대를 자각한다.

3. 우리는 기쁨, 평화, 자유, 조화가 조상과 자녀와 그들의 자녀의 기쁨, 평화, 자유, 조화임을 자각한다.

4. 우리는 이해가 사랑의 토대임을 자각한다.

5. 우리는 남을 탓하고 싸우는 것은 결코 도움이 되지 않고 오히려 사이를 더 벌어지게 한다는 것을 자각한다. 오직 이해, 신뢰, 사랑만이 우리가 변화하고 성장할 수 있게 해준다.

첫 번째 자각에서 우리는 우리를 조상을 연속시키는 한 요소로 보며, 미래 세대들과의 연결고리로 봅니다. 우리가 자신을 이런 방식으로 볼 때 지금 이 순간 우리 몸과 마음을 잘 돌보아 과거와 미래를 아울러 모든 세대들을 잘 돌보고 있음을 압니다.

두 번째 자각은 우리 조상이 우리와 자녀와 그들의 자녀에게 거는 기대를 상기시킵니다. 우리의 행복이 그들의 행복이고, 우리의 고통이 그들의 고통입니다. 깊이 볼 때 우리는 우리 자녀와 손주가 우리에게 기대하는 것을 알 것입니다.

세 번째 자각은 기쁨, 평화, 자유, 조화가 개인의 문제가 아님을 말해줍니다. 우리는 자신을 해탈시키기 위해 우리 내면에 있는 조상들을 해탈시키는 방식으로 살아야만 합니다. 그들을 해탈시키지 않으면 우리가 일생 동안 얽매이게 되고, 그것을 자녀와 손주에게 전해주게 됩니다.

지금은 내면에 있는 우리 부모와 조상들을 해탈시킬 시간입니다. 우리는 그분들께 기쁨, 평화, 자유, 조화를 드릴 수 있고 동시에 우리와 자녀와 그 자녀에게도 기쁨, 평화, 자유, 조화를 줄 수 있습니다. 이것은 상호유기적 삶의 가르침을 반영한 것입니다. 내면의 조상들이 여전히 고통받는 한 우리는 실제로 행복해질 수 없습니다. 알아차림 속에서 한 걸음을 걸을 때, 자유롭고 행복하게 대지를 접촉하며 걸을 때 우리는 모든 조상들과 모든 미래 세대를 위해 걷는 것입니다.

네 번째 자각은 이해가 있는 곳에 사랑이 있다고 말해줍니다. 누군가의 고통을 이해하면 우리는 자연스럽게 돕고 싶은 마음이 생기고, 사랑과 자비의 에너지가 나오게 됩니다. 이런 마음으로 하는 것은 무엇이든 사랑하는 사람의 행복과 해탈을 위해서일 겁니다. 남들을 위해 하는 것은 모두 다 그들을 행복하게 만들 수 있어야 합니다. 사랑하겠다는 마음만으로는 부족합니다. 서로를 이해하지 못할 때 사람들은 서로를 사랑할 수 없습니다.

공동체의 환경에서 수행하는 것을 잊지 마십시오. 공기와 물, 바위와 나무, 새와 인간에게 행복을 가져다주기 위해 무엇이든 할 수 있는 일을 하십시오. 나날의 삶에서는 항상 공동체의 존재를 느낄 수 있는 방식으로 사십시오. 그리하면 우리 삶과 세상의 삶에서 어려움을 직면할 때마다 필요한 에너지를 받을 수 있습니다. 세상은 우리가 알아차리고, 지금 일어나고 있는 일을 자각할 것을 요구합니다.

우리는 삶에서 주어진 매순간을 깊이 살아야 합니다. 삶의 한 순간을 깊이 살 수 있다면 다른 순간에도 그렇게 사는 방법을 배울 수 있습니다. 프랑스의 시인 르네 샤르는 말했습니다.

"한순간에 머물 수 있다면, 당신은 영원을 발견할 것이다."

매순간 깊이 행복하고 평화롭게 살아가십시오. 매순간은 우리가 세상과 화해하고, 세상에 평화가 가능하게 하며, 세상에 행복이 가능하게 할 수 있는 기회입니다. 알아차리는 삶의 수행은 행복수행, 사랑수행이라고도 할 수 있습니다. 우리는 삶에서 행복할 수 있는 능력, 사랑할 수 있는 능력을 닦아야 합니다. 이해는 사랑의 토대입니다. 그리고 깊이보기는 기본적인 수행입니다.

다섯 번째 자각을 수행하는 이유는, 비록 비난과 싸움이 도움이 되지 않는다는 것을 알면서도 우리가 자꾸 잊어버리기 때문입니다. 의식적인 호흡은 중요한 순간에 멈출 수 있는 능력을 닦아 남을 탓하고 싸우지 않게 해줍니다.

우리 모두는 좋은 방향으로 변해야 합니다. 서로를 돌보는 것은 우리의 책임입니다. 우리는 꽃이 자라도록 돕는 정원사입니다. 우리가 이해하면 꽃은 아름답게 자랍니다. 선의만으로는 부족합니다. 남들을 행복하게 해주는 예술을 배워야만 합니다. 예술은 삶의 본질입니다. 그리고 예술의 본성은 알아차림입니다.

두려움과 친구처럼 잘 지내기

이 책《오늘도 두려움 없이》에서 다루는 주제인 '두려움'은 아마도 우리 인간이 살아가면서 알게 모르게 겪는 감정들 중에서 가장 그 존재를 인정하고 싶지 않은 것들에 속하지 않나 싶다. 내 경우에도 "나 화났어!"라고는 비교적 쉽게 말하지만 "나 두려워!"라든가, 더 나아가 "나 무서워! 무서워죽겠어!"라는 말은 잘하지 않는다. 마치 어린아이처럼, 스스로 그 존재를 인정하지 않으면 두려움 자체가 없어질 것처럼 생각했을 수도 있고, 또는 본능적으로 그 존재를 부정했는지도 모르겠다.

이 책에서 틱낫한 스님은 인간에게 가장 원초적인 감정이 두려움이며, 그 두려움의 존재를 인정하고 두려움과 친해지며, 더 나아가 두려움이 더 이상 두렵지 않다고 느낄 때 우리는 비로소 잘 살 수 있고 또 잘 죽을 수도 있다고 말씀하신다.

이를 위해 나날의 삶을 살아가며 짬짬이 할 수 있는 수행 여러 가지를 알려주신다. 그 결과 《오늘도 두려움 없이》에는 틱낫한 스님이 출간한 모든 책들 가운데 가장 많은 수행법이 소개되어 있다고 해도 과언이 아니다.

틱낫한 스님은 이 책에서 인간의 가장 원초적인 두려움인 '죽음의 두려움'을 이해하고 극복하는 법을 친절히 안내하신다. 〈반야심경〉에서 우리가 흔히 읽었던 '본래 가고 옴이 없다는 것' 구절이 깊은 차원에서 무엇을 말하는지 좀 더 잘 이해할 수 있도록 풀어주시며, 왜 죽음과 함께 우리는 '무'로 돌아가는 것이 아닌지도 친절히 설명하신다.

올해로 여든여덟 살이 되신 틱낫한 스님은 이 책에서 자신의 죽음을 언급하고 있으며, 물리적인 죽음 뒤에도 자신은 영원히

제자 스님들과 재가자들이 있는 수행공동체와 함께할 것이라고
말하고 있다.

"언젠가 나의 존재가 멈추리라고 생각지 않습니다. 나는 도반
과 제자 들에게 21세기는 산이라고, 우리가 수행공동체로서 함
께 올라야 할 아름다운 산이라고 말했습니다. 나는 나의 수행공
동체와 끝까지 함께할 겁니다. 내게 그것은 문제가 아닙니다. 내
안에서 모든 사람을 보고 또 모든 사람들 속에서 나를 보기 때문
입니다."

또한 스님은 임종이 가까운 사람들을 어떻게 인도하면 집착과
두려움을 내려놓고 편안한 죽음을 맞이할 수 있는지, 좀 더 훌륭
한 다음 생을 기약하거나 깨달음에 이르도록 할 수 있는지 아나
타핀디카의 예를 통해 소상히 설명하고 계신다.

아나타핀디카는 부처님 당시 매우 훌륭한 사업가였다. 그는

늘 베푸는 삶을 살았으며, 부처님께 당시 최대의 사찰인 기원정사를 지어드렸다. 그 덕분에 스님들은 편안한 환경에서 안거를 하고 재가자들은 쾌적한 환경에서 부처님의 법문을 들을 수 있었다. 그 아나타핀디카가 임종을 맞이하자 부처님께서는 10대 제자인 사리푸타와 아난다를 보내 그의 곁에서 명상수행을 인도하도록 하였다. 여기에 세세히 수록되어 있는 수행을 통해 아나타핀디카는 "생사의 개념, 유무의 개념을 놓아버렸고, 그래서 두려움도 놓아버렸고 마침내 깨달을 수 있었다"고 하였다.

　마치 생을 마치기 전에 자식들에게 모든 것을 다 주고 가려는 어버이처럼, 틱낫한 스님은 매일매일 행복한 삶을 살기 위한, 깊은 정신적 차원으로 살기 위한 모든 수행을 이 책에 집대성해놓았다. 그리고 '함께하는 것'이 얼마나 중요한지 끊임없이 강조한다. 작든 크든 늘 수행공동체를 만들고 발전시켜야 한다고 되풀이해 말씀하신다.

나날의 삶에서 깊이보기를 수행하여 우리 삶에 영적인 차원을 들여놓아야 한다고 강조하신다. '깊이보기를 통해 모든 곳에서 자신을 볼 수 있을 때 두려움이 사라진다'며 당신 자신도 수행승으로서 단지 설법만을 하는 것이 아니라 매일 깊이보기를 수행하고 있다고 말씀하신다.

틱낫한 스님은 이렇게 말씀하셨다. "삶은 커다란 꽃밭이다. 우리는 훌륭한 정원사처럼 '타인이라는 꽃'을 행복하게 해주는 예술을 배워 '나라는 꽃'과 '전체 꽃밭'을 풍요하게 가꾸어야 한다." 이 책을 번역하며 느꼈던 행복감을 독자들도 느낄 수 있기를 바라며, 이 책에서 얻은 지혜와 수행으로 내 삶이 좀 더 깊어졌듯

독자들의 삶에도 깊이와 행복이 더해지길 염원한다.

　우리 모두 이 귀한 가르침을 가지고 2013년 한국의 불자들 곁으로 오시는 여든여덟 큰 스승 틱낫한 스님을 기쁘게 맞이하여 그 가르침을 우리 삶에 담아볼 수 있기를 바란다.

2013년 봄날

然泉 진우기